莎士比亞

莎翁作品中的花卉、果實，種子和樹木

植物圖鑑

Written by
葛芮特‧奎利 Gerit Quealy

Illustrated by
長谷川純枝 Sumié Hasegawa-Collins

Translated by
蕭寶森

獻給艾莉森‧凱爾‧梨歐波（Allison Kyle Leopold）。感謝她始終不渝的指導和友誼，也感謝她願意投入園藝寫作的領域。獻給伊羅絲‧瓦特（Eloise Watt）。感謝她成立了「莎士比亞工作坊」。那是詩之宇宙的健身房，也是廣大莎翁迷的遊樂場。

——蓋瑞特‧奎利

獻給賽門（Simon）、布瑞德（Brad）、雪容（Sharon）、亞當（Adam）和佛瑞德（Fred）。感謝他們諸多的支持與協助。

——長谷川純枝

以下幾頁的圖案，是長谷川純枝根據莎劇幾段較為著名的台詞中提到的花草，所繪製而成：

第2頁：勃艮第公爵，《亨利五世》，（第五幕，第二景）

第4頁：春之歌，《愛的徒勞》（第五幕，第二景）

第6頁：奧布朗，《仲夏夜之夢》（第二幕，第一景）

第8頁：奧菲莉亞，《哈姆雷特》（第四幕，第五景）

編註：本書植物名稱未使用植物的拉丁名（當時卡爾‧林奈尚未出生），而以莎士比亞時期命名的系統為主，僅供讀者作為文學之外的延伸參考書。

那令大自然更加美妙的技藝，本身也是大自然的產物。所以，你口中那巧奪天工的技藝，也是天工所造。你瞧，好姑娘，我們常把品種較好的嫩枝嫁接在野樹的母株上，讓下等的樹木孕育出優良的品種。這是一種改良——乃至改變——大自然的藝術，但這種藝術的本身正是出於大自然。

——《冬天的故事》（第四幕，第四景）

目錄
CONTENTS

前言
FOREWORD

這本優美的書冊中既有莎士比亞作品中提及植物的文字，也包含了相關的植物資訊，對於既熱愛莎士比亞也鍾情園藝的我而言，乃是兩者的美妙結合。能親眼目睹莎劇中每一種花草樹木——尤其是那些比較不為人所知的植物的芳容，是很有意思的一件事，對了解莎劇也頗有助益。

我對園藝的愛好始自我在史特拉福（Stratford）的「皇家莎士比亞劇團」（Royal Shakespeare Company）擔任演員的時期。當時，我感覺劇中所提到的草木似乎在某種程度上和現實生活中的植物融合了。從此，我便開始喜愛鄉間的一切：那金黃碧綠的大地、四季不同的色澤與質地、潮濕的泥土氣息以及那些芳香撲鼻的野花。

雙手沾染著泥土，深入草木的根部，體會植物生長的喜悅，每一種經驗都令人興奮。莎劇中的人物克瑞西達（Cressida）曾說：「快樂的精髓在於做事的過程。」（Joy's soul lies in the doing）。此言果然不虛。

大自然已經成為我的愛好，也是我的仙丹妙藥。因此設法親近大自然對我而言比什麼都重要（我在立陶宛拍攝電影《伊莉莎白一世》期間，甚至在我的拖車外面造了一座花園）。它讓我得以滿足我對孤獨的渴求。

因此，看到這本裝幀典雅的書籍裡既有莎士比亞作品中所有提及植物的文字，又有精美的花草圖畫，真是令人喜出望外。獨處時你可以一卷在手，親炙每一種植物的風采。你會覺得自己幾乎可以碰到它們的枝葉或嗅到它們的氣味，甚至可能會想要伸手觸摸薔薇的刺或牛蒡那毛茸茸的花冠（希望如此！）。我很高興我的園子裡所種的洋橄欖，也曾經出現在六部莎劇以及第107首十四行詩中。那一行詩句是這麼寫的：「象徵和平的洋橄欖枝將永世長存。」

——海倫・米蘭（Helen Mirren）

引言
INTRODUCTION

他可以為你種出任何一種花，

彷彿它就生長在當地。

他還有個擅於分辨香水的靈敏鼻子，

會為你調配出最完美、自然的氣味。

——喬治·查普曼（George Chapman），《呆子爵士蓋爾斯》（*Sir Gyles Goosecap*）

律師們宣稱莎士比亞是個訟師，醫師們認為他曾經受過醫學訓練，演員們也將他視為同業，士兵、水手和天文學家都將他當成自己人。因此，也難怪園藝行家會認為莎士比亞既然在作品中頻頻提及各種花草樹木，想必也是一位園藝大師。

對莎士比亞讚美有加的另一劇作家班·強生（Ben Jonson）曾說他：「不僅僅屬於一個時代，而是屬於所有時代。」其實他大可以加上一句：「屬於所有行業。」班·強生在1623年時曾經預言：「這位不朽的詩人的作品和才智，很可能比史上任何一位作家都更受歡迎、更為人所研讀。」如今看來，此言果然不虛。

正如莎士比亞的作品像是落入時間沃土的種子，開花結果，生生不息，這些作品本身對許多植物而言也是一方沃土。園藝學家、園藝愛好者和喜愛大自然的人士，都對莎士比亞在他的劇作和十四行詩中，所提到的各種花卉、果實、穀物、禾草、種籽、野草、栽培植物、樹木、藥草、香料和蔬菜感到著迷。他在作品中明確提到植物的地方約有一百七十五處，籠統提及或評論種植、整枝、種植、嫁接、除草、播種的方法以及民俗傳說和頌詞的地方，自是更多：

於樹中見喉舌，於溪流見書，於石頭見訓誡，觸處得良教。

在他筆下，即便是植物的黑暗面——無論危險的毒藥、刺人的蕁麻與荊

11

棘、或來意不善的「伯南樹林」──也都令人沉醉。

我將不會害怕毀滅和死亡，
除非伯南樹林來到「丹希南」。
（I will not be afraid of death and bane,
Till Birnam forest come to Dunsinane.）

他的作品中處處可見植物的蹤影。上述引文中的 bane 雖是一個簡單的押韻詞，但無疑也是烏頭（Wolfsbane）或天仙子（Henbane）──與《馬克白》的黑暗世界十分契合的兩種毒草──的簡寫。

關於伊莉莎白……

這方沃土之所以形成，最大的功臣或許是伊莉莎白女王一世。她在 1558 年登基後，因她的父親亨利八世與羅馬教會決裂而引發的社會動盪便逐漸趨於緩和。亨利八世死後，信奉新教的愛德華六世和他那位信奉天主教的姊姊（亦即後來人稱「血腥瑪麗」的瑪麗一世）相繼即位，使得英國陷入了激烈的宗教紛爭，以致國內情勢動盪依舊，直到受過良好教育、性情溫和、愛好享樂的伊莉莎白一世繼位後，才盡力將局面穩住。

在她的薰陶下，英國人民充滿學習的熱情。詩與古典文學都蓬勃發展，戲劇這種新的娛樂形式也開始盛行。各種出版品大量上市，起先是歐洲通俗讀物（包括植物學方面的書籍）的譯本，而後便是各類的本土著作。也因此，這段時期才會被稱為「近世」（Early Modern Period），因為當時的社會乃是現代社會的濫觴。

簡而言之，伊莉莎白一世創造了一種文化，使得各式研究、探索、實驗和創造活動都能夠開花結果。可以說，她擘畫了一座有利「文藝復興運動」萌芽並滋長的園圃。

園藝著作的誕生

從莎士比亞的作品中，我們可以看出他對植物的知識極為廣博，並且經常在言談間提及它們。此外，他具有過人的能力，可以用植物創造隱喻，並在書中穿插大量的哲學思考。這種種因素使他寫出了文學史上最令人難忘的一些詞句。有趣的是，伊莉莎白上任後的初期，各種有關植物和藥草的書籍都是以拉丁文或希臘文寫成，因此炫耀自己的庭園就等於是炫耀自己的學識。但是，當她的統治基礎已然穩固時，人們就日益渴求有關植物的知識與技術，於是市面上便出現了愈來愈多的本土園藝書籍：被尊為「英國植物學之父」的威廉‧透納（William Turner）所撰寫的《新植物誌》（*A New Herball*）大受歡迎。湯馬思‧希爾（Thomas Hill）在1563年出版的《有益的園藝》（*Profitable Arte of Gardening*）、休‧普拉特（Hugh Platt）的著作《天堂之花》（*Floraes Paradis*，此書是以英文撰寫，但為了抬高身價，卻用了一個拉丁文的書名）、植物學家亨利‧萊特（Henry Lyte）在1578年出版的《新草本植物誌》（*A iewe Herball*）以及湯馬思‧塔瑟（Thomas Tusser）在1557年問世的《園藝的一百個好點子》（*A Hundreth Good Pointes of Husbandrie*，到1573年時又增訂為《優良園藝的五百個點子》〔Five Hundred Points of Good Husbandry〕）全都暢銷一時。四開本的《樹木嫁接與種植方法專論》（*A Treatise of The Arte of Graffing and Planting Trees*）由於廣受歡迎，甚至再版了五次。由於人們對身分地位、美麗、秩序與神奇事物的嚮往，這股「綠色的慾望」很快便蔓延開來。

十六世紀時，一位名叫喬治‧貝克（George Baker）的醫師翻譯了瑞士植物學家康拉德‧杰思納（Conrad Gesner）的著作《健康新寶》（*The Newe Jewell of Health*）。他在1597年時又為約翰‧杰拉德（John Gerard）所撰寫的《藥草誌：植物通史》（*Herball, or Generall Historie of Plantes*）作序。據信，莎士比亞主要便是從這本書中獲得了他那廣博的植物學知識。

在其後的數十年間，《藥草誌》的地位仍然沒有其他任何書籍得以超越，就連藥劑師約翰‧帕金森（John Parkinson）在1640年所出版的那本包羅萬象的《植物劇場》（*Theatrum Botanicum*）也無法完全加以取代。書本身的魅力、書中豐富的資訊、作者本身的經驗以及貫穿全書的詩句，使得杰拉德的這本《藥草誌》不僅是

一本悅目的指南，也是植物學方面的權威性著作。本書主要便是根據它編寫而成。貝克在他的序文中曾對這部巨著內容之廣博，驚嘆不已：

> 本書作者經過苦心鑽研，並耗費鉅資遊訪各地才獲得這些知識……他不僅將這些植物帶回來，還憑著他的豐富學識將它們種植在他的庭園中……在那裡，你會看到各式各樣奇異的樹木、藥草、根菜、栽培植物、花卉和其他珍稀之物，讓你不得不驚嘆像他這般並非富豪之輩如何能夠有此等成就。我可以問心無愧的斷言：他對植物的認識絕不下於任何人。

這樣一本書自然很適合做為莎士比亞在作品中引用的素材。事實上，關於這點，或許已經有了直接的證據。「普渡研究基金會」（Purdue Research Foundation）的研究員J.W.雷佛（J.W. Lever），在他所發表的一篇論文中指出了莎劇《愛的徒勞》（*Love's Labour's Lost*）中那首〈春之歌〉（*Song of Spring*）——又名〈杜鵑之歌〉（*Cuckoo's Song*）——當中若干奇怪、不合常理的地方：

> 小野花吐放銀白，
> 花蕊上一抹嫩黃。
> （…And Ladie-smockes all silver white,
> And Cuckow-buds of yellow hew…）

多年來學者們一直以為，莎劇中的植物（尤其是花卉）名稱一定是華威郡[1] 當地的俗名（事實證明並非如此）或者是他自己創造出來的，但這位研究員指出了這首歌中的錯誤：「草甸碎米薺（Cuckow Flowers）是淺紫色的，不是銀白色的。」而且「cuckow-buds不是黃色的！」他翻查杰拉德的《Herall》以一探究竟，結果發現該書第二篇第十八章中有如下文字：「野生的水田芥（或稱Cuckow Flowers）」有六個種，「其中除了一種之外，全都被稱為Ladies Smockes。第五種的特性如下：乳白色的Ladies Smockes的莖直接從根部長出……花朵長在頂端，由四片淡

---

1 譯註：Warwickshire，莎士比亞的出生地。

14

黃色的花瓣所組成。」此外，杰拉德也描述了這種花的生長地和開花的時間：「這幾種Cuckowe flowers 大部分長在潮濕的草地上，而非水中⋯⋯花期主要是在四月和五月，也就是杜鵑開始流利地唱出它們甜美的音符的時節。」接著他又列出它們的外國名字，並指出：「野生的水田芥在英文中被稱爲Cuckowe Flowers⋯⋯但在我的出生地柴郡（Cheshire）的楠特威奇（Namptwich），它們被稱爲Ladie Smockes，因此我便將它們命名爲Ladie Smockes。」這顯示莎劇中的獨特植物名稱是直接引用杰拉德的作品。知名的庭園作家瑪格麗特・維爾斯（Margaret Willes）指出，莎士比亞有可能認識杰拉德，因爲杰拉德在他的著作中曾經提到他在和一位友人步行至「劇場」（the Theatre）途中發現了一種毛茛。當年理查・伯比奇（Richard Burbage）在肖迪奇（Shoreditch）所經營的劇場就叫做「劇場」，直到1598年時他們才將它拆除，並以其木料建造「環球劇場」（the Globe）。

莎士比亞與醫學

莎士比亞豐富的醫學知識不僅讓數百年來的醫學界人士感到訝異，也引起他們高度的興趣。曾經有人引述一位筆名爲西奧多・達爾林波（Theodore Dalrymple）的退休監獄醫生兼精神科醫師的話：

莎士比亞非常了解人們之所以生病的原因。他在這方面的知識令人不可思議，讓現今許多醫學專家都爲之汗顏。

研究人員發現，早在學界「正式」公布他們發現了人體血液循環的現象之前，莎士比亞似乎就已經知道這個事實。《終成眷屬》（*All's Well That Ends Well*）一劇的女主角海倫娜（Helena）從小跟著父親學習草藥知識，長大後便成了一位醫術高明的草藥醫生（但奇怪的是，她除了歐石南和荊棘之外，從未提及任何草藥的名稱）。她利用國王生病的機會將她的藥草知識派上用場，治癒了國王的疾病，也因此贏得了她理想中的夫婿（儘管對方並不情願）。如今，肯特州立大學（Kent State University）的約瑟夫・華格納（Joseph Wagner）教授已經找出了國王的病因，再次顯示莎士比亞確實了解植物與醫藥之間的重要關係。

莎劇中充斥著各種疾病（例如壞血病、痛風、風濕和性病等）以及可以治療這些疾病的藥草名稱。我們前面提到的植物學著作中，有幾本也把焦點放在植物的醫療用途上。當時有少數顯貴很擅於以藥草治病，例如劍橋的學者兼外交官湯瑪斯・史密斯爵士（Sir Thomas Smith）以及阿倫德爾伯爵夫人（the Countess of Arundel）和肯特伯爵夫人（the Countess of Kent）。根據《1550-1650年間的英國醫療管理機構與英國婦女的藥草書》（*Medical Authority and Englishwomen's Herbal Texts, 1550-1650*）一書的作者雷貝嘉・拉羅赫（Rebecca Laroche）的說法，這些出身上流社會、嫻熟草藥的女性所開的藥方，和當時女巫醫所用的療法非常相似。她指出：「《馬克白》中的女巫所開出的藥方精準得令人訝異。」

莎士比亞、植物與性

在莎劇中，無論優美的篇章或諷刺的段落，處處都可見到植物的身影。前者如「玫瑰不叫玫瑰，還是一樣芳香」。後者如《溫莎的風流婦人》（*Merry Wives of Windsor*）一劇中，魁格來夫人將拉丁文課程中的Focative Caret稱為Good Root（好根）的那一幕。魁格來夫人此處固然是利用Caret與Carrot（胡蘿蔔）這兩個同音字造成一語雙關的效果，但其中也有性暗示的意味，因為Root這個字在英文中也有「男性生殖器」的意思。Caret字面上的意思是「脫漏之處」，而野胡蘿蔔的葉子則是古人用來避孕、催經和墮胎的方子。事實上，除了Caret和Carrot這兩個同音字之外，這一幕當中還有許多黃色笑話。伊凡斯牧師（Parson Evans）將Vocative誤唸為Focative，只是莎士比亞使用F開頭的字眼的一個方式罷了。

除此之外，Gooseberry（鵝莓）這個字眼也是一個具有性暗示意味的雙關語。在《愛的徒勞》一劇中，俾隆（Biron）口中的Green Goose固然是指鵝莓的綠色果實，但位於倫敦南華克區（Southwark）的主教宅邸附近的妓院中的女子，也被稱為Winchester Geese，因此Green Goose一詞也可以指「年輕（或新來）的妓女」。

莎士比亞經常以植物來隱喻伊莉莎白時期的各種性活動（當然啦，這類活動並不只限於伊莉莎白時期）。他所用的語言或許有些晦澀難解，但如果你能看到那些植物真實的模樣，就會比較能夠明白他的意思。最明顯的例子就是歐楂（參見第

146頁）。有許多學者都懷疑莫枯修是同性戀，並認爲他可能愛上了羅密歐。你只要看一眼歐楂果實的形狀——莎士比亞在此劇中只提到它的果實，從未提及它的樹與花——或許就比較能夠了解他們爲何會有此揣測。事實上，這種鮮爲人知的果實可能是Fruit一詞，被用來指稱Gay（同性戀）的由來。如果你明白這些名詞的典故，甚至能夠參照它們的出處，就能夠了解劇中對話的意涵，並且聽懂那些笑話。

崇尚在地食物的莎士比亞

時下崇尚有機食品與在地蔬果的風潮可能會令莎士比亞感到迷惑，因爲在十六世紀時，這根本就是常態。在當時，具有異國風味的進口食品固然很吸引人——誠如法蘭欣·塞根（Francine Segan）在她的著作《莎士比亞的廚房》（*Shakespeare's Kitchen*）一書中所言，肉荳蔻和薑成了人們普遍使用的食材；來自國外（尤其是義大利）的食譜大受歡迎——但當時人們的飲食仍以在地的食物、藥草、穀類、種子和香料爲主。

儘管他們所食用的肉類遠比蔬菜多，但一般人都懂得種植蔬果以供冬季食用。爲了在糧食匱乏的季節仍有東西可吃，也爲了避免作物歉收所引起的災禍（請參見第68頁CORN中的「玉米叛變事件」），人們普遍會把豌豆和豆子曬乾、把歐李做成歐李乾、把綠葉蔬菜和穀物煮成濃湯，製作醃菜。

除此之外，在伊莉莎白時期，由於人們熱衷園藝，蔚爲風潮，因此許多家庭都在庭園裡種植蔬菜和香草。這部分的工作主要是由女人職掌，男人則負責照管果園。

那是一個承平的年代，各方面都有所成長，園藝方面也是如此：原本用來入藥的花卉被當成了觀賞植物，而且有許多花卉都可以食用。市面上有關「園藝」和「烹飪」的新書——例如《1577年園丁的迷宮》（*1577 Gardener's Labyrinth*）——一時之間都成了暢銷讀物。這些著作之所以會熱賣，一方面是因爲它們都以英文撰寫，另一方面則是因爲當時的識字人口呈指數增長所致。

植物的肖像

身為藝術家的長谷川純枝（Sumié Hasegawa-Collins）兒時在東京接受鋼琴演奏訓練，因此不得不小心翼翼的保養自己的雙手。她發現素描和繪畫是她能夠享有的少數娛樂之一。後來，她贏得了一個平面設計的獎項，接著便遷居到美國，成為一個織品設計師。幾年後，當她丈夫的「邦德街劇團」（Bond Street Theatre）所推出的舞台劇《莎士比亞派對》（A Shakespeare Party，其中包含了莎劇中的幾幕）舉行戶外公演時，她便為他們設計服裝。這時，向來喜歡觀察大自然的她發現莎劇中的台詞與詩歌提到了許多植物，從此這些植物便開始在她的藝術意識中萌芽。其後，她屢次造訪位於布朗克斯區的「紐約植物園」（New York Botanical Garden），並不遠千里前往位於外倫敦的「邱園」（Kew Garden）參觀。從這些經驗當中，她學到了如何以她所擅長的水彩畫技法來呈現花草的姿態與模樣。這幾十年來，她一直熱衷於研究並繪製莎士比亞筆下的一草一木，將它們的葉、莖、果皮與花瓣忠實的呈現出來。

釐清字義

人名的意涵

經常有人在臉書上引用莎劇中的名言（雖然不見得正確），但關於莎劇應該如何解讀，演員和學者向來各有各的看法。對於葛楚・史坦（Gertrude Stein）而言，一朵玫瑰或許就是一朵玫瑰，但在莎劇中，玫瑰可能代表各式各樣的意涵，包括愛情、美麗、王朝、香氣、顏色和危險（那些棘刺！）等。如果我們從某個特定的角度（例如植物）來觀看莎士比亞的作品，或許就會產生不同的看法（當然也可能會因此展開另一回合的論辯）。就像大衛・林區（David Lynch）風靡一時的影片《藍絲絨》（Blue Velvet）中，那座表面看似寧靜、實際上暗潮洶湧的近郊庭園一般，莎劇完美、優雅的表面底下也隱藏著諸多爭議。不同的人士對劇中某些名詞的意義以及作者的意思各有不同的看法，例如Leather-Coat，究竟是指蘋果還是種子？《哈姆雷特》中所用的毒藥是「瘋樹根」嗎？芍藥又是怎麼回事？

同樣的，劇中有些以植物為名的角色也可能令人費解，例如《仲夏夜之夢》（A

Midsummer Night's Dream）中「彼得‧昆斯」[2] 以及《愛的徒勞》中的柯斯塔德[3]。此外，《羅密歐與茱麗葉》中那個神祕的安婕莉卡（Angelica，人名，也有「西洋當歸」之意）又是怎麼回事呢？它是那奶媽的名字，還是那位遵照卡普萊特老爺的吩咐做事卻不曾出現在舞台上的廚娘？有些人可能會認為這是一種「置入性行銷」的手法，刻意在籌辦婚宴的過程中提到「西洋當歸」這種可以食用也可以入藥的植物。因此，我們雖然並未將這種植物列入本文，但在本篇前言的末尾（第10頁）仍然可以看到它的圖像。在《馴悍記》（Taming of the Shrew）的序幕中出現的亨利‧平普內爾（Henry Pimpernell）也是如此。Pimpernell（意為「琉璃藍蔓」）這個名字的出現，是為了透露某種與花卉有關的訊息？抑或只是要為一個模糊不清的人物增添一分色彩？由於幾個世紀之後問世的那部著名小說《紅花俠》（The Scarlet Pimpernel）中的人物有可能是源自此處，因此我們在第6頁中刊出了這種植物的圖片。此外，有幾齣莎劇曾經出現（或提到過）彩虹女神艾莉絲（Iris）這個角色，雖然戲中從未提及鳶尾本身（英文亦為Iris），但顯然也代表著這種花。

泛稱與專名

　　本書的引文已然經過審慎的過濾，去掉了那些用來做為隱喻的植物（當然其中仍有一些討論的空間。例如BALM（有時亦作Balsam或Balsamum），在莎劇中已經用來泛指「救濟」、或「授予王位的塗油儀式」（the "balm of my poor eyes" 指的是眼淚，而非植物），因此那些包含Balm一字的文句有一半以上都被刪除了，沒有被刪除的部分有些或許也有爭議。事實上，我們很難準確的統計莎劇中究竟提到多少種植物，因為即使在本書所列出的特定植物名詞中，有些還是可能被用來當成統稱，例如：CORN有可能是指所有的穀物；GRASSES可能包括好幾種植物，例如牛毛草等；就連ROSE（當然也包括THORNS）在被提到了許許多多次之後，看起來也像是一個統稱了，尤其是在標題之下還提到了特定的幾種玫瑰時。因此，本書中的植物圖片並不包括莎劇中提到的所有植物。除此之外，我們也很小心的避開那些「看起來像花但其實不是花」的名詞，例如Mint有時並非指「薄荷」，

---

2 譯註：Peter Quince，Quince是一種名叫「榲桲」的果樹。
3 譯註：Costard，此字也有「大蘋果」的意思。

而是「鑄幣廠」，Rose 並非指玫瑰，而是一個動詞，Elder 指的不是「接骨木」，而是「年長者」，Palm 指的不是「棕櫚」，而是「手掌」。

關於植物的拉丁學名

莎劇中並未提到葫蘆巴（Fenugreek，一種可以入藥也可食用的芳香植物），但背景與部分情節的出處卻經常出現希臘語[4]。此外，莎劇中也使用了大量的拉丁文。但由於當時卡爾‧林奈（Carl Linnaeus）尚未出生，他所發明的以拉丁文為植物命名的系統自然尚未問世。

不過，這並不並表示當時沒有植物命名法。事實上，在莎士比亞時期已經有好幾種為植物命名的方法，分別由不同教派的修道士所發明，因此既不一致，也不精確，有時甚至還令人迷惑（這點在杰拉德的《藥草誌》一書中就可以看出）。

1564 年時，一位名叫雅克‧勒莫恩（Jacques le Moyne de Morgues）的法國藝術家實地前往佛羅里達，並且在 1586 年時費盡心力製作了一本彩色目錄，收錄了許多常見的花卉和果實，並註明它們的拉丁文、法文、德文和英文名稱。他把這本書獻給當時另一位知名的英國詩人：人稱「彭布羅克伯爵夫人」（Countess of Pembroke）的瑪莉‧西德尼‧賀伯特（Mary Sidney Herbert）。但其中只有三本流傳至今。

既然莎士比亞在劇中並未使用植物的拉丁學名，因此在本書中，我們基本上也不採用，只有在極少數的個案（例如玫瑰）中，為了區別不同的種，我們才會列出它們的拉丁學名。

---

4 譯註：Greek，Fenugreek 中含有 Greek 一字。

如何使用本書

除了杰拉德的《藥草誌》之外，本書主要的根據還有亨利‧伊拉康牧師（Canon Henry Ellacombe）在十九世紀中期到末期所編纂的《莎士比亞的植物和園藝知識》（*The Plant-lore & garden-craft of Shakespeare*）。這位名字取得恰如其分的牧師在當年沒有網路的情況下翻遍所有莎劇，把每一段提到植物的文句都找出來！（雖然漏了一些，但已經非常少了）。此外，我們也參考了薇薇安‧湯馬思（Vivian Thomas）和妮姬‧費克勞斯（Nicki Faircloth）合著的《莎士比亞的植物與花園辭典》（*Shakespeare's Plants and Gardens: A Dictionary*，屬於 Arden 系列）。其中涵蓋了較多的一般性參考資料以及園藝術語，例如剪枝、犁地、嫁接、描述氣味的用語等，甚至還包括一種名為 flap-dragon 的搶葡萄乾遊戲（呵，那個年代可做的事不多）。

我們的目標是讓每一種植物除了名字之外，也有一張「臉」，並附上所有相關的引文，讓你能夠更加了解莎士比亞的「內心世界」。我預期有人會對我們所選的某些植物有意見，或者指出我們遺漏了哪一段引文。但就像前述《馬克白》的引文中的 bane（毒藥）那個字一般，當你發現 Goose 一字原來是 Gooseberry 的簡稱，用來表達「You look a little green」（你看起來有點青澀）的意思（因為鵝莓是綠色的）時，你會覺得很有意思。莎劇中充滿了這類耐人尋味的植物，就等著你我來尋寶。

然而，你也可以純粹享受這本書所帶來的樂趣：你可以很快在書中找到一段有關玫瑰的引文給你最愛的羅絲（Rose）阿姨，挑幾句吟誦花草、旋律輕快的台詞獻給你的愛人，或者找到一句與植物有關的話語來罵你的敵人。如果你的好友特別喜歡某種植物或花卉，你也可以找到相關的文句送給他（她）。此外，你可以根據你最喜歡的戲劇或角色來規劃你的庭園，也可以根據每種花草所代表的意涵選擇合適的花束送人，例如：肉荳蔻、萬壽菊和薑表示「敞開心胸，接納生命的各種滋味」，芭蕉、薺荣和大甜蘋果則代表「身體與靈魂的療癒」。

關於詩詞方面，除了莎翁的十四行詩之外，本書也納入了他的《維納斯和阿多尼斯》（*Venus and Adonis*）、《露克麗絲》（*Lucrece*，根據1594初版的書名頁，此詩標題並沒有 The Rape of 等字，因此不應譯為《露克麗絲失貞記》）、《鳳凰與斑鳩》（*The Phoenix and the Turtle*）、《情女怨》（*A Lover's Complaint*）等詩以

及《激情的漂泊者》（*The Passionate Pilgrim*）當中的五首詩，因為根據學者們的考證，這本詩集中只有大約五首詩是真正出自莎士比亞筆下。

　　莎士比亞的問題在於我們對他太過熟悉了，因此可能會習焉不察，就像我們有時候可能會因為某個好友或家人一直都在我們身邊，而忽略或忘記他（她）的存在。就連小小孩似乎都知道「To be or not to be」這句話，儘管他們並不知道其中的意涵。因此，莎劇已經成為我們的文化根深蒂固的一部分。然而，當你停下腳步，安靜片刻，聞聞那些花朵的香味，莎士比亞的思想、概念或情感可能會滲入你的生命，甚至撼動你的世界。詩人羅伯特·格雷夫斯（Robert Graves）說得妙：「儘管大家都說莎士比亞非常出色，但他令人矚目之處就在於他真的非常出色。」

　　大自然以他的巧思為榮，

　　欣然以他的文句來妝點她的姿容。

　　——班·強森（Ben Johnson），莎士比亞的《第一對開本》（*First Folio*）

莎劇中的植物圖像
與相關引文

BOTANICAL
SHAKESPEARE
Plant Portraits, Alphabetically
AND QUOTES

ACONITUM
烏頭

亨利五世

儘管將來不免會有惡毒的讒言傾注進去，

和**烏頭**或火藥一樣猛烈，

你們骨肉的血液也可以永遠匯合在一起，毫無滲漏。

——《亨利四世，第二部》（第四幕，第四景）

ACORN
橡子

普洛斯彼羅

把淡水河中的貝蛤、乾枯的樹根和**橡子**的殼給你做食物。

——《暴風雨》（第一幕，第二景）

帕克

小妖們往往嚇得膽戰心慌，

沒命的鑽向**橡子**中間躲藏。

——《仲夏夜之夢》（第二幕，第一景）

拉山德

滾開，你這矮子！你這發育不全的三寸丁！你這小珠子！你這小**橡子**！

——《仲夏夜之夢》（第三幕，第二景）

泰門

橡樹上長著**橡子**，野薔薇也長著一粒粒紅色的果實。

——《雅典的泰門》（第四幕，第三景）

波塞摩斯

像一頭吃飽了**橡子**的日耳曼野豬。

——《辛白林》（第二幕，第五景）

西莉婭

我看見他在一株樹底下，像一顆落在地上的**橡子**。

——《皆大歡喜》（第三幕，第二景）

ADONIS FLOWER
暗紫貝母

從他濺灑在地面的鮮血中，長出了紫白相間的鮮花一樹，正像是他蒼白的臉頰上一粒粒的血珠。

——《維納斯與阿多尼斯》

ALMOND
扁桃

忒耳西忒斯

鸚鵡瞧見了一粒**扁桃**，也不及……

——《特洛伊羅斯與克瑞西達》

（第五幕，第二景）

A

ALOE
蘆薈

忒耳西忒斯

愛能使一切威嚇、震驚和痛苦在身受時化
作甜蜜，如同長滿尖刺的**蘆薈**。

——《情女怨》

APPLE
蘋果

西巴斯辛

我猜他也許想把這個島裝在口袋裡，帶回家去賞給他的兒子，就像賞給他一顆**蘋果**一樣。

——《暴風雨》（第二幕，第一景）

安東尼奧

一個指著神聖的名字作證的惡人，就像一個臉帶笑容的奸徒，又像一顆外觀美好、中心腐爛的**蘋果**。

——《威尼斯商人》（第一幕，第三景）

安東尼奧

把一顆**蘋果**切成兩半，也不會比這兩人更為相像。

——《第十二夜》（第五幕，第一景）

霍坦西奧

正像人家說的，兩顆壞**蘋果**之間，沒有什麼選擇。

——《馴悍記》（第一幕，第一景）

特拉尼奧

他的相貌可有點兒像您呢。

比昂台羅

就像**蘋果**跟牡蠣差不多一樣。

——《馴悍記》（第四幕，第二景）

馬伏里奧

說是個大人吧，年紀還太輕；說是個孩子吧，又嫌大些。就像是一個沒有成熟的豆莢，或是一顆半生的**蘋果**。

——《第十二夜》（第一幕，第五景）

奧爾良

愚蠢的狗！牠們閉上眼睛，直往俄羅斯熊的嘴裡衝，叫自己的頭給咬成了一個爛**蘋果**！

——《亨利五世》（第三幕，第七景）

門官

這些小伙子專門在戲園子裡亂吵亂鬧，為了吃剩的**蘋果**打架……

——《亨利八世》（第五幕，第四景）

福斯塔夫

我身上的皮膚鬆垮得就像一件老太太的罩衫；全身皺縮得活像一顆乾癟的**蘋果**。

——《亨利四世，第一部》（第三幕，第三景）

❦

酒保甲

見鬼了！你拿了什麼過來呀？乾癟**蘋果**嗎？你知道約翰爵士見了乾癟蘋果就會生氣的。

酒保乙

哎唷，你說得對。有一次親王把一盤乾癟**蘋果**放在他面前，對他說又添了五位約翰爵士；他就把帽子脫下，說：「現在我要向你們這六位圓圓胖胖的乾癟老騎士告別了。」

——《亨利四世，第二部》（第二幕，第四景）

❦

狹陋

不，您必須瞧瞧我的園子，我們可以在那兒的一座涼亭裡吃幾個我去年手栽的**蘋果**，另外再隨便吃些葛縷子之類的東西……

——《亨利四世，第二部》（第五幕，第三景）

❦

莫枯修

你的笑話就像又苦又甜的**蘋果**，又好似辣醬一般。

羅密歐

肥美的鵝肉加上辣醬，豈不絕妙？

——《羅密歐與茱麗葉》（第二幕，第四景）

❦

伊凡斯牧師

我飯還沒有吃完，還有一道**蘋果**跟乳酪在後頭哩。

——《溫莎的風流婦人》（第一幕，第二景）

霍羅福尼斯

您知道，那頭鹿就沐浴在血泊中；像一顆爛熟的**蘋果**。剛才它還像明珠般懸在太虛、蒼穹、天空之上，一下子就像蘋果般落到了土壤和地面上。

——《愛的徒勞》（第四幕，第二景）

彼特魯喬

這是什麼？袖子嗎？簡直像一尊小砲。怎麼回事？上上下下都是褶子，就像**蘋果**塔一樣。

——《馴悍記》（第四幕，第三景）

如果你的美德和外表不符合。

你的嫵媚會變成夏娃的**蘋果**，

——《十四行詩第九十三首》

弄臣

你到了另外一個女兒家，就會知道她待你多麼好；因為她雖然跟你的這個女兒很像，就像野**蘋果**和家**蘋果**相仿，但我可以告訴你我所知道的事。

——《李爾王》（第一幕，第五景）

毛子

怪事，主人！這個「大**蘋果**」[5] 把腿給摔壞了。

毛子

說起「大**蘋果**」把腿給摔斷了……

亞馬多

「大**蘋果**」怎麼會把腿摔斷了？

——《愛的徒勞》（第三幕，第一景）

伊凡斯牧師

我恨不得把他的便壺摔在他那顆大**蘋果**（此處有「頭部」之意）上。祝福我的靈魂！

——《溫莎的風流婦人》（第三幕，第一景）

兇手甲

用你的刀柄打他的大**蘋果**（此處亦為「頭部」之意），再把他丟進隔壁房間的大酒桶裡去。

——《理查三世》（第一幕，第四景）

埃德加

不，不要走近這個老頭兒；我提醒你，走遠一點兒；要不然的話，我要試一試究竟是你的大**蘋果**（此處有「頭部」之意）硬，還是我的棍子硬。

——《李爾王》（第四幕，第六景）

---

5 譯註：指劇中小丑「考斯塔德」，因為他的名字 Costard 有「大蘋果」之意。

APRICOT
杏

提泰妮婭

恭恭敬敬地侍候這先生，

蹦蹦跳跳地追隨他前行；

給他吃**杏**、鵝莓和桑椹，

紫葡萄和青色的無花果。

——《仲夏夜之夢》（第三幕，第一景）

園丁

去，你去把那邊垂下來的**杏**紮起來，它們像頑劣的子女一般，使他們的老父因爲不勝重負而彎腰駝背。

——《理查二世》（第三幕，第四景）

帕拉蒙

我願拿我今後的全部命運做代價，把自己變作那棵小樹——那邊那棵繁花盛開的**杏樹**……這樣我就可以得意洋洋地舒展我的枝枒，把我放縱的胳膊伸到她的窗口裡去了！我會爲她結出可供神仙享用的果子。

——《兩個高貴的親戚》（第二幕，第二景）

ARABIAN TREE
阿拉伯膠樹

奧賽羅

一個雖然不慣於流婦人之淚，可是當他
被感情征服的時候，也會像湧流著膠液
的**阿拉伯膠樹**一般兩眼氾濫的人。

——《奧賽羅》（第五幕，第二景）

讓那歌喉最響亮的鳥雀，

飛上獨立的**阿拉伯膠樹**的樹枝頭，

宣布訃告，把哀樂演奏，

一切飛禽都和著拍子跳躍。

——《鳳凰與斑鳩》

西巴斯辛

阿拉伯有一棵樹。那是鳳凰的寶座。此刻
有一隻鳳凰仍在上面稱王呢。

——《暴風雨》（第三幕，第三景）

ASH
梣

奧菲狄烏斯

讓我用我的手臂圈住你的身體。在這上面
我的**梣**矛曾上百次地折斷，
四濺的碎片把月亮都嚇得形容慘澹。

——《科利奧蘭納斯》（第四幕，第五景）

ASPEN
白楊

瑪克斯

啊！要是那惡魔曾經看見這雙百合花
一樣的纖纖玉手像顫慄的**白楊**葉般彈
弄著魯特琴……

——《泰特斯·安特洛尼克斯》
（第二幕，第四景）

老板娘

你們來摸摸，大爺們！我抖得就像**白
楊**樹葉呢。

——《亨利四世，第二部》
（第二幕，第四景）

B

莎劇中的植物圖像
與相關引文

BOTANICAL
SHAKESPEARE
Plant Portraits, Alphabetically
AND QUOTES

BACHELOR'S BUTTONS / BUDS
毛茛科植物／山蘿蔔／剪秋羅

店主

您覺得那位年輕的范頓怎麼樣？他會跳躍，會舞蹈，他的眼睛裡閃耀著青春，他會寫詩，他會說漂亮話，他的身上有春天的香味；他一定會成功的，他一定會成功的。你看他口袋裡裝的「**光棍的釦子**」就知道了，他一定會成功的。

——《溫莎的風流婦人》（第三幕，第二景）

提泰妮婭

年邁的冬神薄薄的冰冠上，卻嘲諷似的綴上了夏天芬芳的**花蕾**。

——《仲夏夜之夢》（第二幕，第一景）

雷歐提斯

春天的草木往往尚未吐放它們的**花蕾**，就被蛀蟲囓蝕；朝露般晶瑩的青春，常常受到強風的吹打。

——《哈姆雷特》（第一幕，第三景）

阿塞特

啊，女王愛米莉婭，您比五月更加鮮嫩，比枝頭金色的**花蕾**更芳香，比草地或花園中明豔的小花小草更加美麗。

——《兩個高貴的親戚》（第三幕，第一景）

BALM
香脂

大德洛米奧

我已經把我們的東西搬上去了，油、
香脂、酒精，也都買好了。

——《錯誤的喜劇》（第四幕，第一景）

艾西巴第斯

難道這就是那放高利貸的元老院爲將士的
傷口敷上的**香脂**嗎？

——《雅典的泰門》（第三幕，第五景）

魁格來夫人

將每一個尊嚴的寶座用心刷洗，在上面灑滿
被邪垢的**香脂**花水。
祝福那文櫺綉瓦，畫棟雕梁，千秋萬歲永遠
照耀著榮光！

——《溫莎的風流婦人》（第五幕，第五景）

克麗奧佩托拉

如**香脂**一般芬芳，像微風一樣溫柔。

——《安東尼與克麗奧佩托拉》（第五幕，第二景）

她稱它作**香脂**，語軟聲顫，滿懷深情。
說它是最珍貴的靈藥，最宜女神晉用。

——《維納斯與阿多尼斯》

把甜美的**香脂**滴入普里阿摩劃成的傷口。

——《露克麗絲》

BARLEY
大麥

彩虹女神艾莉絲

塞瑞斯，最豐饒的女神，請你離開你那小麥、黑麥、**大麥**、野豆、燕麥和豌豆繁茂滋長的良田。

——《暴風雨》（第四幕，第一景）

獄吏的女兒

我們這些幸福的人，有時候也出去玩「打**大麥**」的遊戲。

——《兩個高貴的親戚》（第四幕，第三景）

大元帥

難道他們的**大麥**湯——那種只能給累垮的駑馬喝的藥水——竟能把他們的冷血鼓舞到熱血沸騰、勇氣百倍的地步嗎？

——《亨利五世》（第三幕，第五景）

BAY / LAUREL
月桂

隊長

人家都以為王上死了；我們不願意再等下
去。我們國裡的**月桂**已經全部枯萎了。

——《理查二世》（第二幕，第四景）

鴇婦

得了吧！過來！你這盤又是迷迭香、又是
月桂所拌成的貞潔菜＊！

——《佩里克利斯》（第四幕，第六景）

＊**譯註**：或譯：「你這個三貞九烈的女娃兒！」

開場白

噢，快把那些毫無價值的愚蠢作品拿走，
莫讓代表我盛名的**月桂**枯萎，莫讓我的名
作遭到貶損。

——《兩個高貴的親戚》（第一幕，開場白）

幻夢

六個身穿白袍的人物邁著莊嚴而輕盈的步
伐依次走上來。他們身穿白袍，頭戴**月桂**
枝編成的冠冕，臉上蒙著金色的面具，手
裡舉著**月桂**或棕櫚的枝條。

——《亨利八世》（第四幕，第二景）

克萊倫斯

你誕生的時候，上天已把洋橄欖枝和**月桂**
冠賦予了你，使你在和平與戰爭中都得以
蒙福。

——《亨利六世，第二部》（第四幕，第六景）

泰特斯

安特洛尼克斯戴著**月桂**枝編成的冠冕前
來。

——《泰特斯·安特洛尼克斯》
（第一幕，第一景）

克莉奧佩特拉

願勝利的**月桂**冠懸在您的劍端，敵人到處
俯伏在您的足下！

——《安東尼與克麗奧佩托拉》
（第一幕，第三景）

尤利西斯

尊長、君王、統治者和戴著**月桂**冠的勝利
者所享有的特殊權利。

——《特洛伊羅斯與克瑞西達》
（第一幕，第三景）

BEANS
豆

帕克

我模仿雌馬的嘶聲，把一頭被**豆**餵得肥胖
精壯的雄馬迷昏了頭。

——《仲夏夜之夢》（第二幕，第一景）

腳夫

這兒的**豆**全都是潮濕霉爛的，可憐的馬兒
吃了這種東西，怎麼會不長瘡呢？

——《亨利四世，第一部》（第二幕，第一景）

B

BILBERRY
歐洲藍莓

皮斯托

去跳進人家的煙囪，看他們爐裡的灰屑有
沒有掃淨；我們的仙后最恨懶惰的婢子，
要是看見了，就會把她們擰得渾身又青又
紫的像**歐洲藍莓**一樣。

——《溫莎的風流婦人》（第五幕，第五景）

BIRCH
樺樹

公爵

溺愛兒女的父親倘若不使用以**樺樹**枝條做成的家法，僅僅拿它來嚇唬小孩，到後來孩子們就會藐視它，不再怕它。

——《一報還一報》（第一幕，第三景）

教師

在下頭銜是鄉校的先生，高舉那**樺木**棒專敲小傢伙的屁股，再用戒尺讓大傢伙們俯首聽命。

——《兩個高貴的親戚》（第三幕，第五景）

BLACKBERRIES
黑莓

B

福斯塔夫

硬要我說出一個道理？……哪怕我的道理
多得像**黑莓**，我也不會在別人的逼迫之下
講出來。

——《亨利四世，第一部》（第二幕，第四景）

福斯塔夫

天上的太陽難道會吃著**黑莓**，遊手好閒？

——《亨利四世，第一部》（第二幕，第四景）

武耳西武斯

那狐狸般的尤里西斯簡直不值一顆**黑莓**。

——《特洛伊羅斯與克瑞西達》
（第五幕，第四景）

羅瑟琳

這座樹林裡常有一個人前來，在我們的嫩
樹皮上刻滿了「羅瑟琳」這名字，把樹木
糟蹋得不成樣子；山楂樹上掛起了詩篇，
黑莓灌木上懸吊著悲歌。

——《皆大歡喜》（第三幕，第二景）

長著尖刺的**黑莓**叢，和密密交織的灌木林
見到他來也害怕，忙分開讓路，讓他往前
飛奔。

——《維納斯與阿多尼斯》

BOX
黃楊

瑪利婭

你們三人都躲到**黃楊**樹後面去。

——《第十二夜》（第二幕，第五景）

B

BRIERS
密刺薔薇

愛麗兒

如此這般，我迷惑了他們的耳朵，使他們
像小牛追隨著母牛的叫聲一般，跟著我走
過了一簇簇長著尖齒的**密刺薔薇**，銳利的
荊豆和刺人的荊棘叢。

——《暴風雨》（第四幕，第一景）

小仙

越過了溪谷和山陵，穿過了灌木和**密刺薔
薇**叢。

——《仲夏夜之夢》（第二幕，第一景）

弗魯特

臉孔紅如美麗的**密刺薔薇**叢中的一朵紅玫
瑰。

——《仲夏夜之夢》（第三幕，第一景）

帕克

我要把你們帶領得團團亂轉，經過一處處沼地、一叢叢灌木和**密刺薔薇**。

——《仲夏夜之夢》（第三幕，第一景）

帕克

密刺薔薇和荊棘刮破了他們的衣服。

——《仲夏夜之夢》（第三幕，第二景）

赫米婭

我從來不曾這樣疲乏過，從來不曾這樣傷心過！我的身上沾滿了露水，我的衣裳被**密刺薔薇**刮破了。

——《仲夏夜之夢》（第三幕，第二景）

奧布朗

每個精靈都輕盈的跳躍著，

如同自**密刺薔薇**枝上飛起的小鳥。

——《仲夏夜之夢》（第五幕，第一景）

阿德里安娜

莫讓常春藤、**密刺薔薇**或慵散的苔蘚偷取你的雨露陽光！

——《錯誤的喜劇》（第二幕，第二景）

普蘭塔琪納特

從這**密刺薔薇**叢中替我摘下一朵白色的玫瑰花。

——《亨利六世，第一部》（第二幕，第四景）

羅瑟琳

唉，這個平凡的世界裡簡直到處都是**密刺薔薇**叢呀！

——《皆大歡喜》（第一幕，第三景）

海倫娜

轉眼就是夏天了，**密刺薔薇**快要綠葉滿枝，遮掩住它周身的棘刺。你也應當在溫柔之中，保留著幾分鋒芒。

——《終成眷屬》（第四幕，第四景）

波力克希尼斯

我要用**密刺薔薇**抓破你美麗的容顏。

——《冬天的故事》（第四幕，第四景）

泰門

橡樹上長著橡果，**密刺薔薇**也長著一粒粒紅色的果實。

——《雅典的泰門》（第四幕，第三景）

科利奧蘭納斯

那些不過是**密刺薔薇**抓破的傷痕罷了。這一丁點的創傷，不值一哂。

——《科利奧蘭納斯》（第三幕，第三景）

昆塔斯

這是怎樣一個幽深莫測的地穴，洞口遮滿了蔓生的**密刺薔薇**？

——《泰特斯·安特洛尼克斯》（第二幕，第三景）

B

BROOM
金雀花

彩虹女神艾莉絲

那些被少女拒絕的單身漢們喜歡
徘徊其下的**金雀花**叢。

——《暴風雨》（第四幕，第一景）

帕克

我受命到此，用**金雀花**帶子將這門戶
清掃乾淨。

——《仲夏夜之夢》（第五幕，第一景）

獄吏女兒

是的，我真的能。我會唱〈**金雀花**〉和
〈好羅賓〉。你不是裁縫嗎？

——《兩個高貴的親戚》（第四幕，第一景）

BURDOCK
牛蒡

考狄利婭

頭上插滿了惡臭的球果紫堇、**牛蒡**、毒芹、蕁麻、杜鵑花和各種蔓生在田間的野草。

——《李爾王》（第四幕，第四景）

勃艮第

結果只長出了可惡的酸模草、粗硬的野薊、空莖的Kecksies*和**牛蒡**，此外什麼也沒有。

——《亨利五世》（第五幕，第二景）

❧

西莉婭

姊姊，這些不過是**牛蒡**帶刺的花，爲了取笑玩玩而丟在你身上的；要是我們不在道上走，我們的裙子就會被它們黏住。

羅瑟琳

在衣裳上的，我可以把它們抖去；但是這些**牛蒡**可是刺進了我的心裡。

——《皆大歡喜》（第一幕，第三景）

❧

路西奧

師傅，我就像是**牛蒡**的芒刺，釘住了人就不放手。

——《一報還一報》（第四幕，第三景）

拉山德

放開手，你這隻貓！你這個**牛蒡**子！

——《仲夏夜之夢》（第三幕，第二景）

潘達洛斯

就像**牛蒡**的芒刺一般，黏上了身，就再也掉不下來了。

——《特洛伊羅斯與克瑞西達》（第三幕，第二景）

***譯註**：Collins字典解釋爲Cowparskey（峨參）類植物的中空的莖，但此對本書圖片其葉形不同，故附上原文供參。

BURNET
地榆

勃艮第

那平坦的牧場，從前是多麼可愛，長滿了斑
點的黃花九輪草、**地榆**和綠盈盈的三葉草。

——《亨利五世》（第五幕，第二景）

莎劇中的植物圖像
與相關引文

BOTANICAL
SHAKESPEARE
Plant Portraits, Alphabetically
AND QUOTES

CABBAGE
捲心菜

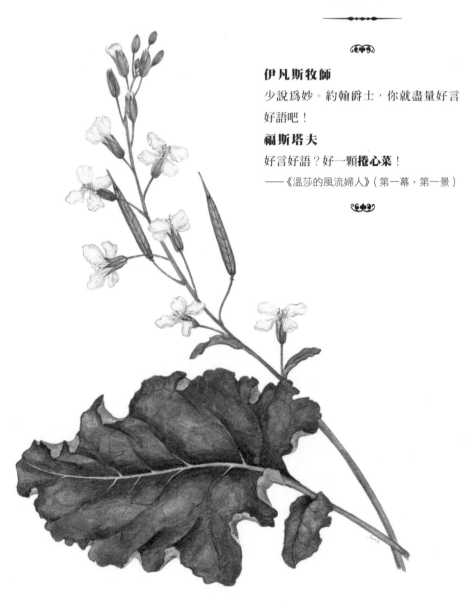

伊凡斯牧師

少說爲妙。約翰爵士，你就盡量好言
好語吧！

福斯塔夫

好言好語？好一顆**捲心菜**！

——《溫莎的風流婦人》(第一幕，第一景)

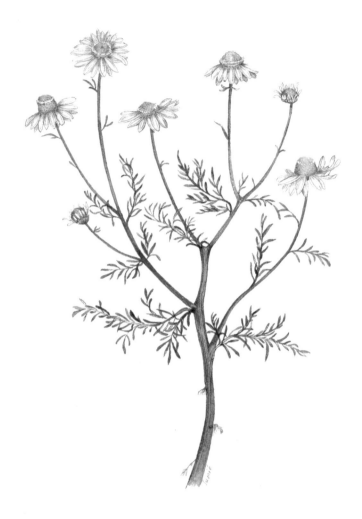

CAMOMILE
甘菊

福斯塔夫

雖然**甘菊**愈是遭到踐踏，生長愈快，

青春卻愈是浪費，消逝愈速。

——《亨利四世第一部》（第二幕，第四景）

CAPER
續隨子

安德魯

不騙你，我能跳起來把腳往後踢[6]。

托比爵士

你說**續隨子**？那我就切點兒羊肉來配。

安德魯

……我們喝酒去吧？……

托比爵士

除了喝酒，咱們還有什麼事好做？咱們的命宮不是金牛星嗎？

安德魯

金牛星！金牛星管得是腰和心……

托比爵士

不，老兄，是腿和股，你跳起來給我看呀！哈哈！跳得高些！哈哈！好極了！

——《第十二夜》（第一幕，第三景）

6 **譯註**：這個動作叫Caper，但此字亦指「續隨子」。

CARDUUS BENEDICTUS
聖薊

瑪格麗特

來點蒸餾過的「班尼狄克花」吧！把它放在你心上。心病只有心藥能醫。

希羅

您可說中她的心事了。

碧翠思

班尼狄克花！為什麼是班尼狄克花？你這話什麼意思？

瑪格麗特

意思？不，我什麼意思也沒有。真的！我指的是「**聖薊**」[7]。

——《無事生非》（第三幕，第四景）

---

7 譯註：聖薊（Carduus Benedictus）的正式名稱中有「班尼狄克」（Benedictus）一字。

CARNATIONS
康乃馨／香石竹

帕迪塔

這個季節最美麗的花兒

就是**康乃馨**和班石竹。

有人稱它們是「自然界的雜種」。

——《冬天的故事》（第四幕，第三景）

波力克希尼斯

那麼在你的園裡多種些**康乃馨**，不要叫它們雜種吧。

——《冬天的故事》（第四幕，第三景）

老闆娘

他一見**康乃馨**就受不了。這種顏色他從來都不喜歡。

——《亨利五世》（第二幕，第三景）

小丑考斯塔德

請問先生，一個「酬勞」可以買多少**康乃馨**色的絲帶？

——《愛的徒勞》（第三幕，第一景）

羅密歐

很有禮貌的解釋。

莫枯修

不但如此，我還是禮貌的典範，百裡挑一的禮貌之花。

羅密歐

你是花？

莫枯修

正是。

羅密歐

那我的舞鞋上也有很多花。

——《羅密歐與茱麗葉》（第二幕，第四景）

男孩（唱）

初初綻放、氣味幽香的**康乃馨**。

——《兩個高貴的親戚》（第一幕，第一景）

CARAWAY
葛縷子

狹陋

不，你一定得看看我的果園，在涼亭裡配著**葛縷子**之類的香料，嗜嗜我去年才嫁接的一種蘋果。

——《亨利四世，第二部》（第五幕，第三景）

台維

給你端上了一盤**葛縷子**。

——《亨利四世，第二部》（第五幕，第三景）

CARROT
胡蘿蔔

伊凡斯牧師

記住，威廉，呼格是「幹羅勃」[8]。

魁格來夫人

胡蘿蔔不就是根？能「幹」的「**胡蘿蔔**」，就是一條好根（Good Root）[9]。

——《溫莎的風流婦人》（第四幕，第一景）

---

8 譯註：Caret 的讀音，意為「脫字符號」。
9 譯註：此處的 Root 有「男根」，即「男性生殖器」的意思。

CEDAR
雪松

普洛斯帕羅

我使穩固的海岬震動，連根拔起了松樹和雪松。

——《暴風雨》（第五幕，第一景）

華威克

正如長在山頂上的**雪松**，

歷經風雨葉子仍不凋落。

——《亨利四世，第二部》（第五幕，第一景）

華威克

那**雪松**就這般倒在斧頭之下。

它的手臂曾經庇護那王侯般的老鷹，

迅猛的獅子曾在它的濃蔭下沉睡，

它的枝葉亭亭，更勝那朱比特的橡樹，

讓樹下低矮的灌木免於冬日強風的吹襲。

——《亨利四世，第二部》（第五幕，第二景）

克爾默

他定會興盛，

並且像高山上的**雪松**一般，

把他的枝葉伸向他周圍的平原。

——《亨利八世》（第五幕，第四景）

普修默斯

自莊嚴之**雪松**樹上砍下之枝條，

死去多年之後將會復生。

——《辛白林》（第五幕，第四景）

預言家

莊嚴的**雪松**代表著你，尊貴的辛白林，你被砍下的枝條就是你的兩個兒子。他們被培拉律斯偷走，多年來，大家都以為他們早已死去，現在卻又復活了，和莊嚴的**雪松**重新接合，他們的後裔將會使不列顛享有和平與繁榮。

——《辛白林》（第五幕，第五景）

杜曼

正直挺拔一如**雪松**。

——《愛的徒勞》（第四幕，第三景）

葛羅斯特

不過我生在高空，築巢於**雪松**之顛，嬉弄天風，睥睨太陽。

——《理查三世》（第一幕，第三景）

科利奧蘭納斯

讓作亂的狂風在熾熱的太陽下吹襲凌霄的**雪松**吧！

——《科利奧蘭納斯》，（第五幕，第三景）

泰特斯

馬可思，我們只是灌木，並非**雪松**。

——《泰特斯·安德洛尼克斯》（第四幕，第三景）

獄吏的女兒

我已經把他放了出來，帶到一條小溪邊，
那兒有一棵**雪松**，比別的樹都高，舒展著
枝葉，倒像棵法國梧桐。

——《兩個高貴的親戚》（第二幕，第六景）

莊嚴的太陽正冉冉升空，
俯瞰世間，光芒燦爛，
雪松樹梢和群山萬壑有如黃金般閃亮。

——《維納斯與阿多尼絲》

雪松並不屈身俯伏於卑微的灌木腳下，
但低矮的灌木卻會在**雪松**的根部枯萎。

——《露克麗絲》

CHERRY
櫻桃

C

海倫娜

我們就這樣一起長大，

如同並蒂的**櫻桃**，看似分開，

其實相連，是同一個柄上結出的

兩顆可愛的果實。

——《仲夏夜之夢》（第三幕，第二景）

老婦人

她長得完全像您，就跟兩顆**櫻桃**

一般相像。

——《亨利八世》（第五幕，第一景）

王后甲

啊，當你品嚐到她那如孿生**櫻桃**

般的甜美雙唇的時候……

——《兩個高貴的親戚》（第一幕，第一景）

狄米特律斯

啊！你的嘴唇。那親吻人的**櫻桃**。看上去
是多麼成熟！多麼誘人！

——《仲夏夜之夢》（第三幕，第二景）

提絲蓓

我那**櫻桃**般的雙唇經常親吻你的磚石，
你那用泥土砌在一起的磚石。

——《仲夏夜之夢》（第五幕，第一景）

葛羅斯特

我們說秀兒太太腳兒美、**櫻桃**嘴、眼兒
媚，還有一條特別招人喜歡的舌頭。

——《理查三世》（第一幕，第一景）

大德洛米奧

有的魔鬼只會向人要一些指甲、頭髮，或
者一滴血、一根燈草、一枚針、一顆堅果
以及**櫻桃**核……

——《錯誤的喜劇》（第四幕，第三景）

提絲蓓

這曾經屬於我的嘴唇，這**櫻桃**般的鼻子，
這黃花般的臉頰，都消失了，消失了……

——《仲夏夜之夢》（第五幕，第一景）

托比

嘿！老兄！莊重的人不該跟魔鬼一起玩
「**櫻桃**核」的遊戲！絞死他！該死的黑鬼！

——《第十二夜》（第三幕，第四景）

康思坦絲

給它一個歐李、一粒**櫻桃**和一顆無花果。

——《約翰王》（第二幕，第一景）

求婚人

我要帶一群美人，一百個像我這樣多情的
黑眼睛姑娘，頭戴水仙花做的花環，嘴唇
像**櫻桃**，面頰像玫瑰……

——《兩個高貴的親戚》（第四幕，第一景）

高渥

她的針線活兒無比精妙，
就連天工也要退讓三分，
尺縑上的花鳥枝葉**櫻桃**，
和那活的全然沒有分別。

——《泰爾親王佩瑞克里斯》
（第四幕，第六景）

他的足跡所到之處，鳥兒們都歡欣。
有的婉轉嬌鳴，有的則用尖喙
銜給他桑葚和鮮紅成熟的**櫻桃**。
鳥兒們飽餐他秀色，並以漿果回報。

——《維納斯與阿多尼絲》

CHESTNUT
栗子

女巫甲

一個水手的妻子坐在那兒吃**栗子**，唭呀唭
呀唭呀地唭著。

佩特魯喬

你們現在卻向我說一個女人的口舌如何可
怕。就是一顆**栗子**在農夫的火堆裡炸開，
聲音也要比她響得多哩！

——《馴旱記》（第一幕，第二景）

羅瑟琳

憑良心說，他的頭髮顏色很好。

西莉雅

那種顏色好極了。**栗子**色是最好的顏色。

——《皆大歡喜》（第三幕，第四景）

CLOVER
三葉草

勃艮第

那平坦的牧場，從前是多麼可愛，長
滿了帶斑點的野櫻草、地榆和綠盈盈
的三葉草。

——《亨利五世》（第五幕，第二景）

CLOVE
丁香

俾隆

一只檸檬。

郎格維

裡頭塞著丁香

——《愛的徒勞》（第五幕，第二景）

C

COCKLE
麥桿石竹

俾隆

去！去！種下**麥桿石竹**，哪能收得佳禾？

——《愛的徒勞》（第四幕，第三景）

科利奧蘭納斯

我們因為紆尊降貴，與他們為伍，已經親手播下了叛亂、放肆和煽動的禍根，要是再對他們姑息縱容，那麼這些**麥桿石竹**將更滋蔓橫行，危害我們元老院的權力。

——《科利奧蘭納斯》（第三幕，第一景）

獄吏的女兒

至少有兩百個姑娘已經懷了他的孩子——不，肯定有四百個！可我一句話都不講，跟個蚌殼* 一樣。

——《兩個高貴的親戚》（第四幕，第一景）

奧菲莉亞（唱）

為尋真愛滿街走

誰是知心郎？

麥桿石竹做帽杖在手，

草鞋穿一雙。

——《哈姆雷特》（第四幕，第五景）

*譯註：Cockle亦可指「鳥蛤」。從上下文來看，較不適合譯成麥桿石竹。

COLOQUINTIDA
苦西瓜

伊阿古

現在他吃起來像刺槐豆一樣美味多汁的食物，不久就會變得像**苦西瓜**一樣澀口了。

——《奧賽羅》（第一幕，第三景）

COLUMBINE
樓斗菜

亞馬多

我就是那花——

杜曼

那薄荷花。

郎格維

那**樓斗菜**花。

——《愛的徒勞》（第五幕，第二景）

奧菲莉亞

送你一些茴香和**樓斗菜**。

——《哈姆雷特》（第四幕，第五景）

CORK
黃柏

羅瑟琳

求求你拔去你嘴裡的**塞子**[10]　，向我透露
一些消息吧。

——《皆大歡喜》（第三幕，第二景）

牧羊人的兒子／小丑

那就像把**塞子**塞進大桶子一樣。

——《冬天的故事》（第三幕，第三景）

康華爾

把他那**塞子**般的手臂牢牢縛起來。

——《李爾王》（第三幕，第七景）

10 譯註：當時的瓶塞都用黃柏製成。

CORN
穀物

貢薩羅

金屬、**穀物**、酒、油都沒有用處。

——《暴風雨》（第二幕，第一景）

公爵

要收穫**穀實**，我們得先去播種。

——《一報還一報》（第四幕，第一景）

提泰妮亞

……扮作牧人的樣子，成天吹著**麥**笛，和風騷的牧女調情。

——《仲夏夜之夢》（第二幕，第一景）

提泰妮亞

農夫枉費了他的血汗，青青的嫩**禾**還沒有長出芒鬚，便朽爛了。

——《仲夏夜之夢》（第二幕，第一景）

愛德華國王

兇猛的敵人在他們趾高氣揚的時候被我們像割秋天的**穀子**似的給剷除了。

——《亨利六世，第三部》（第五幕，第七景）

歌
童甲／童乙

一對情人併著肩，

走過了青青**稻麥**田。

春天是最好的結婚天。

——《皆大歡喜》（第五幕，第三景）

貞德

你們要像前來賣**穀子**賺錢的那些粗俗販子那樣講話。

——《亨利六世，第一部》（第三幕，第二景）

貞德

我們是窮苦的商販，來賣**穀子**。

——《亨利六世，第一部》（第三幕，第二景）

貞德

早安！勇士們！想不想買點**穀子**做麵包呢？

——《亨利六世，第一部》（第三幕，第二景）

勃艮第

我不久就要用你自己的**穀子**把你噎死，叫你咒罵你自己的收成。

——《亨利六世，第一部》（第三幕，第二景）

公爵夫人

我的夫君，你為什麼垂頭喪氣，好像熟透了的飽滿**穀穗**？

——《亨利六世，第二部》（第一幕，第二景）

華列克

他那梳得很整齊的鬍鬚都亂蓬蓬的，像是夏天被風暴吹倒的**穀穗**。

——《亨利六世，第二部》（第三幕，第二景）

毛勃雷

我們仍會遭到狂風的篩選，即使是**麥粒**，也會輕如糠秕。

——《亨利四世，第二部》（第四幕，第一景）

馬克白

即使成熟的**穀物**會倒折在田畝上，樹木會連根拔起。

——《馬克白》（第四幕，第一景）

郎格維

他讓莠草蔓生，卻刈除了嘉穀！

——《愛的徒勞》（第一幕，第一景）

俾隆

去！去！種下瞿麥，哪能收得佳禾？

——《愛的徒勞》（第四幕，第三景）

埃德加

你睡著還是醒著，快樂的牧羊人？

你的羊兒已經闖入**麥**田了。

——《李爾王》（第三幕，第六景）

柯迪莉亞

各種雜生在**麥**田裡的雜草。

——《李爾王》（第四幕，第四景）

狄米特律斯

先把**穀**粒打出，然後再把稻草燒掉。

——《泰特·安德洛尼克斯》

（第二幕，第三景）

瑪克斯

讓我教你們怎樣把這一束散亂的**禾**稈重新

集合起來。

——《泰特斯·安德洛尼克斯》

（第五幕，第三景）

佩瑞克里斯

我們這些船……所載運的是**穀物**，用來做

成你們極需的麵包。

——《泰爾親王佩瑞克里斯》

（第一幕，第四景）

克利昂

敝國曾經蒙陛下您以**穀物**賑濟。

——《泰爾親王佩瑞克里斯》

（第三幕，第三景）

市民甲

我們把他殺掉吧！這樣一來，**穀**子的價格

就由我們決定了。我們是不是就這麼說定

了？

——《科利奧蘭納斯》（第一幕，第一景）

米尼涅斯

他們要求照他們所提出的價格給他們**穀**

物。

——《科利奧蘭納斯》（第一幕，第一景）

馬歇斯

天神降下**五穀**，不是單為富人。

——《科利奧蘭納斯》（第一幕，第一景）

馬歇斯

沃爾西人有許多**穀物**。

——《科利奧蘭納斯》（第一幕，第一景）

市民甲

有一次我們爲了要求**穀物**而鼓譟起來。

——《科利奧蘭納斯》（第二幕，第三景）

勃魯托斯

他們說您不久前在施放**穀物**的時候，曾經口出怨言。

——《科利奧蘭納斯》（第三幕，第一景）

科利奧蘭納斯

向我提起**穀物**的事情！

——《科利奧蘭納斯》（第三幕，第一景）

科利奧蘭納斯

發放倉庫中的存**穀**，像從前希臘那樣的情景。

——《科利奧蘭納斯》（第三幕，第一景）

科利奧蘭納斯

他們知道這些**穀物**不是他們名分中的酬報……憑他們這樣的表現，是不該把**穀物**白白分給他們的。

——《科利奧蘭納斯》（第三幕，第一景）

克蘭默

我非常高興能夠得到這樣一個好機會，把我自己徹底簸揚一番，使我身上的糠皮和**穀**粒分開。

——《亨利八世》（第五幕，第一景）

克蘭默

她的敵人將會像田裡被風吹倒的**麥子**一般簌簌發抖，垂頭喪氣。

——《亨利八世》（第五幕，第五景）

理查王

我們這受到蔑視的眼淚是能叫風雲黯淡的，我們的嘆息也能叫夏季的**麥苗**垂下頭來。

——《理查二世》（第三幕，第一景）

阿賽特

論賽跑麼，我的速度更勝於那吹過**麥田**、把沉甸甸的麥穗刮得彎腰的風。

——《兩個高貴的親戚》（第二幕，第三景）

如莠草高過了**庄稼**，謹慎的懼怕，幾乎被橫流放肆的淫欲所窒息。

——《露克麗絲》

COWSLIP
黃花九輪草

勃艮第

那平坦的牧場，從前是多麼可愛，長滿了帶斑點的**黃花九輪草**、地榆和綠盈盈的苜蓿。

——《亨利五世》（第五幕，第二景）

王后

紫蘿蘭、**黃花九輪草**、報春花，都給我拿到我的房間裡去。

——《辛白林》（第一幕，第五景）

埃契摩

在她的左胸還有一顆梅花形的痣，就像**黃花九輪草**花心裡的紅點一般。

——《辛白林》（第二幕，第二景）

愛麗兒

蜂兒吸吮的地方，我也在那兒吮啜；**黃花九輪草**的花冠是我棲息之處。

——《暴風雨》（第五幕，第一景）

提絲蓓

這**黃花**般的臉頰。

——《仲夏夜之夢》（第五幕，第一景）

小仙

亭亭的**黃花九輪草**是她的近侍，

黃金的衣上飾著點點斑痣；

那些是仙人們投贈的紅玉，

中藏著一縷縷的芳香馥郁；

我要在這裡訪尋幾滴露水，

給每朵花掛上珍珠的耳飾。

——《仲夏夜之夢》（第二幕，第一景）

C

CRAB-APPLE
野蘋果

米尼涅斯

我們的城市裡卻有幾棵古老的**野蘋果**樹。
它們的口味和你們的蘋果不同。

——《科利奧蘭納斯》（第二幕，第一景）

薩福克

她把一個無知的村夫拉上了床，就像把**野
蘋果**嫁接在高貴的母株上，而你就是它們
結合後生出的果實。

——《亨利六世，第二部》（第三幕，第二景）

帕克

有時我化作一顆焙熟的**野蘋果**，躲在老太
婆的酒碗裡，等她舉起碗想喝的時候，我
就啪地彈到她的嘴唇上，把一碗麥酒都倒
在她那又皺又乾癟的垂肉上。

——《仲夏夜之夢》（第二幕，第一景）

冬之歌

當炙烤的**野蘋果**在鍋內吱喳，
大眼睛的鴟鴞便夜夜喧譁。

——《愛的徒勞》（第五幕，第二景）

弄臣

你到了另外一個女兒家，就會知道她待你多麼好；因為雖然她跟這個女兒很像，就像**野蘋果**和家蘋果相仿，但我可以告訴你我所知道的事。

李爾王

你可以告訴我什麼，孩子？

弄臣

你一嚐到她的滋味，就會知道她跟這一個完全相同，正像兩只**野蘋果**一般沒有分別。

——《李爾王》（第一幕，第五景）

卡列班

請您讓我帶您到那長著**野蘋果**的地方。

——《暴風雨》（第二幕，第二景）

門官

給我拿十幾根**野蘋果**樹做的棍子來，要粗壯的。

——《亨利八世》（第五幕，第三景）

佩特魯喬

好了！好了！凱特，你不可這樣酸溜溜的。

凱瑟琳

我看見了酸酸的**野蘋果**就會這樣。

佩特魯喬

這裡沒有酸酸的**野蘋果**，你應當和顏悅色才是。

——《馴悍記》（第二幕，第一景）

霍羅福尼斯

一下子就像**野蘋果**般落到了土壤和地面上。

——《愛的徒勞》（第四幕，第二景）

C

CROW-FLOWERS
剪秋羅

王后

她編了幾個奇異的花環拿到這裡來，用的
是**剪秋羅**、蕁麻、雛菊和斑葉疆南星。

——《哈姆雷特》（第四幕，第七景）

CROWN IMPERIAL
皇冠貝母

帕迪塔

英勇無畏的櫻草和**皇冠貝母**。

——《冬天的故事》（第四幕，第三景）

CUCKOO-BUDS
毛茛

春之歌

當各色的雛菊開遍牧場，

藍的紫蘿蘭，白的美人衫，

還有那**毛茛**吐蕾嬌黃，

大地盡是一片春意盎然。

——《愛的徒勞》第五幕，第二景）

CURRANTS
醋栗

小丑

讓我想想，我要為慶祝剪羊毛的

歡宴買些什麼東西呢？

三磅糖，五磅**醋栗**。

——《冬天的故事》（第四幕，第二景）

忒修斯

讓我在你**醋栗**般的唇上，

暫時蓋上我的印記吧！

——《兩個高貴的親戚》

（第一幕，第一景）

CYME
番瀉樹

馬克白

有什麼大黃、**番瀉樹**，或其他清瀉的

藥劑可以把這些英格蘭人排泄掉呢？

——《馬克白》（第五幕，第三景）

CYPRESS
柏樹

薩福克
他們最適意的陰涼處就是墳墓旁的**柏樹**林。

——《亨利六世，第二部》（第三幕，第二景）

小丑之歌
讓我躺在淒涼的**柏木**棺柩中。

——《第十二夜》（第二幕，第四景）

奧麗維亞
像你這樣敏慧的人，我已經表示得太露骨了；掩藏著我的心事的，只是薄薄的一層**柏樹**枝葉。

——《第十二夜》（第三幕，第一景）

奧托力格斯
草地白如積雪，**柏樹**黑如烏鴉。

——《冬天的故事》（第四幕，第四景）

奧菲狄烏斯
我在**柏樹**林裡等著。

——《科利奧蘭納斯》（第一幕，第十景）

葛雷米奧
象牙的箱子裡金幣滿滿，**柏木**的櫃子裡掛毯堆疊。

——《馴悍記》（第二幕，第一景）

莎劇中的植物圖像
與相關引文

BOTANICAL
SHAKESPEARE
Plant Portraits, Alphabetically
AND QUOTES

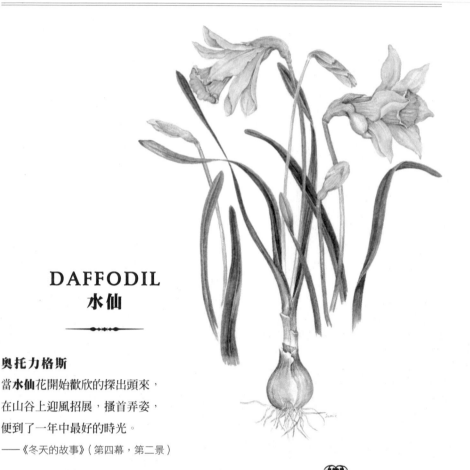

DAFFODIL
水仙

奧托力格斯

當**水仙**花開始歡欣的探出頭來，

在山谷上迎風招展，搔首弄姿，

便到了一年中最好的時光。

——《冬天的故事》（第四幕，第二景）

帕迪塔

在燕子尚未歸來之前，

就已經大膽開放，

丰姿招展地迎著三月和風的**水仙**。

——《冬天的故事》（第四幕，第三景）

求婚人

頭戴**水仙**做成的花冠……

——《兩位高貴的親戚》（第四幕，第一景）

伊米莉亞

這花園可真好……這花叫什麼名字？

侍女

這叫**水仙**，小姐……

伊米莉亞

水仙無疑是個漂亮的小夥子[11]，可他是個傻瓜，愛上了自己，是因爲姑娘太少了嗎？

——《兩位高貴的親戚》（第二幕，第二景）

---

11 譯註：希臘神話，美少年納西瑟斯愛戀自己水中的倒影，憔悴而死，化為水仙。

DAISIES
雛菊

春之歌

當各色的**雛菊**開遍牧場，

藍的三色堇，白的美人衫，

——《愛的徒勞》第五幕，第二景）

奧菲莉亞

那裡有一朵**雛菊**。

——《哈姆雷特》（第四幕，第五景）

王后

她編了幾個奇異的花環拿到這裡來，用的是剪秋羅、蕁麻、**雛菊**和斑葉疆南星。

——《哈姆雷特》（第四幕，第七景）

琉歇斯

讓我們找一塊**雛菊**開得最可愛的土地，用我們的戈矛替他掘一個墳墓。

——《辛白林》（第四幕，第二景）

她另一隻美麗的手兒搭在被外，

在綠色的床單上，純白似玉，

如同四月的綠草間一朵盛開的**雛菊**……

——《露克麗絲》

男孩（唱）

雛菊無香，最是雅緻。

——《兩位高貴的親戚》（第一幕，第一景）

DAR NEL
毒麥

柯迪莉亞

毒麥和各種雜生在麥田裡的野草。

——《李爾王》（第四幕，第四景）

勃艮第

毒麥、毒芹以及茂盛的延胡索在她那已經
休耕的土地上扎根滋長。

——《亨利五世》（第五幕，第二景）

貞德

你們要買小麥來做麵包嗎？我想勃艮第公
爵寧可餓死，也不肯花這麼高的價錢買我
們的穀物。上次那批穀子裡**毒麥**太多了。
你喜歡它的味道嗎？

——《亨利六世，第一部》（第三幕，第二景）

DATES
椰棗

小丑

我得買些番紅花粉來為梨子餡餅增添顏色。那荳蔻香料？**椰棗**呢？不要，那不曾開在我的帳上。

——《冬天的故事》（第四幕，第三景）

奶媽

他們需要**椰棗**和榲桲來做糕點。

——《羅密歐與茱麗葉》（第四幕，第四景）

帕洛

餡餅和粥裡的**椰棗**，是悅目而可口的，但你頰上的**椰棗**，卻會在轉瞬間失去鮮潤。

——《終成眷屬》（第一幕，第一景）

潘達洛斯

你不知道怎樣才算一個好男兒嗎？家世、容貌、體格、談吐、勇氣、學問、文雅、品行、青春、慷慨。這些不都是一個理想男子少不了的條件嗎？

克瑞西達

是，那是個像肉餡般的男子漢，不加**椰棗**就可以直接送進烤爐裡去。那時這個男子漢也就不中用了。

——《特洛伊羅斯與克瑞西達》
（第一幕，第二景）

DEWBERRIES
露莓

提泰妮亞

給他吃杏桃和**露莓**。

——《仲夏夜之夢》（第三幕，第一景）

DOCKS
酸模

勃艮第

結果只長出了可惡的**酸模**、粗硬的野薊、
空莖的Kecksies * 和牛蒡，此外什麼也
沒有。

——《亨利五世》（第五幕，第二景）

＊**譯註**：見 P.128 說明。

莎劇中的植物圖像
與相關引文

———— ◆◇◆ ————

BOTANICAL
SHAKESPEARE
Plant Portraits, Alphabetically
AND QUOTES

EBONY
烏木

國王

憑著上天起誓,你的愛人黑得就像**烏木**一般。

俾隆

她像**烏木**嗎?啊,神聖的樹木!娶到**烏木**般的妻子才是無上的幸福。

——《愛的徒勞》(第四幕,第三景)

小丑

這屋子向著南北方的頂窗像**烏木**一樣發著光呢。

——《第十二夜》(第四幕,第二景)

皮斯托

從**烏木**般黑沉沉的洞穴中喚醒兇殘的復仇女神阿萊克托和她的毒蛇吧……

——《亨利四世,第二部》(第五幕,第五景)

國王

漆黑如**烏木**般的墨水。

——《愛的徒勞》(第一幕,第一景)

飛向他的原應是愛情的金矢,
為何死神的**烏木**箭卻把他殺死?

——《維納斯與阿多尼斯》

86

EGLANTINE
鏽紅薔薇

奧布朗

我知道一處百里香盛開的河岸，
長滿了櫻草和盈盈的三色堇，
馥郁的忍冬，甜美的麝香玫瑰，
還有那處處蔓生的**鏽紅薔薇**，
漫天張起了一幅芬芳的錦帷。

——《仲夏夜之夢》（第二幕，第一景）

阿維雷格斯

你不會缺少像你臉龐一樣慘白的櫻草花，
也不會缺少像你的血管一樣蔚藍的風信
子。不，你也不會缺少**鏽紅薔薇**的綠葉。
不是我要侮蔑這花。它的香氣遠不及你的
呼吸芬芳。

——《辛白林》（第四幕，第二景）

E

ELDER
接骨木

阿維雷格斯

讓那惡臭一如**接骨木**的悲哀隨著藤蔓日益繁盛而鬆開它那逐漸枯萎的根吧！

——《辛白林》（第四幕，第二景）

薩特尼納斯

「在那覆蓋著巴西安納斯葬身的地穴的一株**接骨木**底下，你只要撥開那些蕁麻，便可以找到你的酬勞。照我們的話去做，你就是我們永久的朋友。」啊！塔摩拉！你聽見過這樣的話嗎？這就是那個地穴。這就是那株**接骨木**。

——《泰特斯‧安德洛尼克斯》
（第二幕，第三景）

霍羅福尼斯

您是什麼意思，先生？

鮑益

他的意思是叫你去上吊。

霍羅福尼斯

您先吧，您比我年長 [12]。

俾隆

說得好，猶大就是在一棵**接骨木**上自縊的。

——《愛的徒勞》（第五幕，第二景）

威廉斯

一個窮老百姓對國王發脾氣，不過像是從兒童的**接骨木**玩具氣槍裡射出的子彈那麼厲害。

——《亨利五世》（第四幕，第一景）

亨利王子

你看這個乾癟的老爺子 [13] 頭髮是不是叫她給抓得像隻鸚鵡？

——《亨利四世，第二部》（第二幕，第四景）

店主

你這個醫神、醫學家，你這個有著**接骨木**心腸的人怎麼說呢？

——《溫莎的風流婦人》（第二幕，第三景）

12 譯註：此處原文為 You are my elder（您比我年長），但也有「您是我的接骨木」之意。
13 譯註：此處「老爺子」的原文為 Elder，也有「接骨木」的意思。

E

ELM
榆樹

阿德里安娜

夫君，你是強壯的**榆樹**，我是纖細的藤蔓
藤蔓依附著**榆樹**，從此便有了力量。

——《錯誤的喜劇》（第二幕，第二景）

提泰妮亞

柔弱的常春藤也正是這樣纏繞在**榆樹**的臂
枝上。

——《仲夏夜之夢》（第四幕，第一景）

波因斯

回答呀！你這個死**榆樹**疙瘩，回答呀！

——《亨利四世，第二部》（第二幕，第四景）

ERINGOES
濱刺芹

福斯塔夫

讓天上掉下催情的蕃薯吧！

讓雷聲應和著「綠袖子」的旋律！

讓接吻糖有如冰雹般從空中落下吧！

讓濱刺芹如雪花飄降！

——《溫莎的風流婦人》（第五幕，第五景）

莎劇中的植物圖像
與相關引文

BOTANICAL
SHAKESPEARE
Plant Portraits, Alphabetically
AND QUOTES

FENNEL
茴香

奧菲莉亞

送你一些**茴香**和縷斗菜。

——《哈姆雷特》（第四幕，第五景）

福斯塔夫

因爲他們倆的腿一般粗。他玩套圈很在行，喜歡吃**茴香**煨鰻魚……

——《亨利四世，第二部》（第二幕，第四景）

FERN
蕨

嘎子喜兒

我們有能使人隱形的**蕨孢子**，所以來無
蹤、去無影。、

——《冬天的故事》（第四幕，第二景）

掌櫃

不，老實說，我覺得來無蹤去無影倒不是
靠什麼**蕨孢子**，而是因爲夜裡黑。

——《亨利四世，第一部》（第二幕，第一景）

F

FIG
無花果

提泰妮亞

給他吃杏子、露莓和桑椹，

紫葡萄和**無花果**兒青青。

——《仲夏夜之夢》（第三幕，第一景）

康斯坦絲

它的外婆會給它一個李子、一顆櫻桃和一

粒**無花果**。

——《李爾王》（第二幕，第一景）

衛士

陛下，有一個鄉下人一定要求見您。他給

您送**無花果**來了。

——《安東尼與克莉奧佩特拉》

（第五幕，第二景）

衛士甲

一個送**無花果**來給她的愚蠢的鄉下人。

——《安東尼與克莉奧佩特拉》

（第五幕，第二景）

衛士甲

這些**無花果**葉子上還有黏液。

——《安東尼與克莉奧佩特拉》

（第五幕，第二景）

皮斯托

要是皮斯托撒了謊，你就對我這樣做，像個愛吹牛的西班牙人那樣比個**無花果**的手勢[14]。

——《亨利四世，第二部》（第五幕，第三景）

皮斯托

你快死了下地獄去吧！你的友誼算什麼玩意兒[15]！

弗魯愛林

好嘛！

皮斯托

送你一個西班牙人的**無花果**！

——《亨利五世》（第三幕，第六景）

皮斯托

那就給你這個！

（比出一個「**無花果**」手勢）

——《亨利五世》（第四幕，第一景）

F

皮斯托

聰明的人管它叫「順手牽羊」。「偷東西？」呸！好難聽的話兒[16]！

——《溫莎的風流婦人》（第一幕，第三景）

伊阿古

美德？那算什麼玩意兒[17]！

——《奧賽羅》（第一幕，第三景）

霍納

我像你們保證，我才不怕彼得呢[18]！

——《亨利六世，第二部》（第二幕，第三景）

查米恩

啊，好極了！多活幾天總是好的[19]。

——《安東尼與克莉奧佩特拉》

（第一幕，第二景）

---

14 譯註：把拇指插在食指與中指之間，表示侮辱對方之意。

15 譯註：原文為 Figo for your friendship，即「對你的友誼比無花果手勢」。

16 譯註：原文為 A fico for the phrase，亦即「對那句話比一個無花果手勢」。

17 譯註：此處原文為 A fig，即對美德表示輕蔑之意。

18 譯註：此處原文為 A fig for peter，即「對彼得比出一個表示不屑的無花果手勢」之意。

19 譯註：此處原文為 I love long life better than figs.（與得到無花果，我寧可多活幾天）。

FLAGS
黃鳶尾

凱撒

群眾就像一束漂浮水上的**黃鳶尾**，隨著潮流

的方向進退，在盲目的行動之中湮滅腐爛。

——《安東尼與克莉奧佩特拉》

（第一幕，第四景）

FLAX
亞麻

福德

像你這樣的一個雜碎？一個粗麻袋？

——《溫莎的風流婦人》（第五幕，第五景）

小克列福

這般的美貌雖然往往能使暴君軟化，但它只會像油與**亞麻**布一般更煽起我的怒火。

——《亨利六世，第二部》（第五幕，第二景）

托比

好得很，你的頭髮披下來就像紡紗桿上的**亞麻線**一般。

——《第十二夜》（第一幕，第三景）

僕人丙

你先去吧！我去拿些**亞麻**布和蛋白來，替他敷在他流血的臉上。

——《李爾王》（第三幕，第七景）

奧菲莉亞

他的鬍鬚一似白雪，

他的頭髮色如**亞麻**。

——《哈姆雷特》（第四幕，第五景）

列昂特斯

我的妻子是個娼婦[20]。

——《冬天的故事》（第一幕，第二景）

伊米莉亞

他那華美高貴的精神透出了身子，有如**亞麻**掩蓋不住的烈火。

——《兩位高貴的親戚》（第五幕，第三景）

F

20 譯註：原文為 Flax-Wench，原本指的是「紡亞麻的姑娘」，後用來指「妓女」。

FLOWER-DE-LUCE
鳶尾

帕迪塔

各式各樣的百合花，包括**鳶尾**在內。

——《冬天的故事》（第四幕，第四景）

亨利五世

我美麗的**鳶尾**，你麼說呢？

——《亨利五世》（第五幕，第二景）

信使

你們紋章上的**鳶尾**已經被剪去了。英格蘭
的國徽只剩下一半了。

——《亨利六世，第一部》（第一幕，第一景）

貞德

我已經準備好了。這是我鋒利的寶劍。它
的兩面都有五朵**鳶尾**的圖案。

——《亨利六世，第一部》（第一幕，第二景）

約克

既然我有靈魂，我的手就得握著權杖，而
且權杖上將會鐫刻著法蘭西的國花**鳶尾**。

——《亨利六世，第二部》（第五幕，第一景）

FUMITER
延胡索

柯迪莉亞

頭上插滿了惡臭的**延胡索**和犁溝草。

——《李爾王》（第四幕，第四景）

勃艮第

毒麥、毒芹以及茂盛的**延胡索**在她那已經
休耕的土地上扎根滋長。

——《亨利五世》第五幕，第二景）

F

FURZE
荊豆

愛麗兒

如此這般，我迷惑了他們的耳朵，使他們像小牛追隨著母牛的叫聲一般，跟著我走過了一簇簇長著尖齒的密刺薔薇、銳利的**荊豆**和刺人的荊棘叢，把他們可憐的脛骨刺穿了。

——《暴風雨》（第四幕，第一景）

貢札羅

現在我真願意用一千頃海水來換得一畝荒地，哪怕上面長滿了高高的歐石南和枯褐的**荊豆**。

——《暴風雨》（第一幕，第一景）

莎劇中的植物圖像
與相關引文

BOTANICAL
SHAKESPEARE
Plant Portraits, Alphabetically
AND QUOTES

GARLIC
大蒜

波頓

諸位親愛的演員們，千萬別吃洋蔥和**大蒜**，因爲咱們得要保持口氣芬芳。

——《仲夏夜之夢》（第四幕，第二景）

路西奧

他人老心不老，看見個女叫花子也會拉住親個嘴兒，也不管她嘴裡都是黑麵包和**大蒜**的氣味。

——《一報還一報》（第三幕，第二景）

烈火騎士

我寧可住在風車磨坊裡，吃著乳酪和**大蒜**度日。

——《亨利四世，第一部》（第三幕，第一景）

米尼涅斯

你們那樣看重那些手藝人的話，在意那些吃**大蒜**的人們吐出來的氣息。

——《科利奧蘭納斯》（第四幕，第六景）

多卡絲

莫普薩一定是你的情人。好，別忘記嘴裡含個**大蒜**兒，接起吻來味道好一些。

——《冬天的故事》（第四幕，第四景）

GINGER
薑

小丑

荳蔻香料？椰棗？不要，那不曾開在我的帳上。荳蔻仁、七枚；**生薑**，一兩塊，可是這些我可以去向人討。

——《冬天的故事》（第四幕，第二景）

小丑

是啊，憑著聖安娜之名起誓，**生薑**在嘴裡也是火辣辣的。

——《第十二夜》（第二幕，第三景）

龐貝

首先，這裡有一個年輕鹵莽的大爺，他進監獄是因為一筆黃紙和老**薑**的買賣，據說值一百九十七鎊，但到手時才賣到五馬克現金。當時**生薑**賣不動，因為愛吃**薑**的老太婆全都死光了。

——《一報還一報》（第四幕，第三景）

腳伕乙

我有一條臘豬腿和兩塊**生薑**，要送到切令克羅斯去。

——《亨利四世，第一部》
（第二幕，第一景）

薩萊尼奧

我但願那些謠言就像那些吃飽了飯沒事做，嚼嚼**生薑**的婆子們所說的鬼話一樣靠不住。

——《威尼斯商人》（第三幕，第一景）

奧爾良

那馬的顏色就像荳蔻一樣。

太子

脾氣則像**生薑**一樣火辣。

——《亨利五世》（第三幕，第七景）

G

GOOSEBERRY
鵝莓

福斯塔夫

人的其他天賦才能在這個敗壞的年代連一
粒**鵝莓**也不值。

——《亨利四世，第二部》（第一幕，第二景）

馬克白

願魔鬼罰你變成炭團一樣黑，
你這個臉色慘白的笨蛋！
你說，你那張臉幹嘛綠得像**鵝莓**一樣？

——《馬克白》（第五幕，第三景）

俾隆

一個人發起瘋來，會把血肉的凡人敬若神
明，把神女[21] 當成女神：全然的、全然的
偶像崇拜！

——《愛的徒勞》（第四幕，第三景）

21 譯註：此處原文為 Green Goose，即「妓女」之意。

G

GOURD
葫蘆

福德太太

讓我們教訓教訓這個骯髒的膿包，這個滿肚子臭水的胖**葫蘆**。

——《溫莎的風流婦人》（第三幕，第三景）

泰門

啊！一個根，謝謝。你的**葫蘆**、葡萄藤和耕地都乾枯了；但忘恩負義的人類卻靠著你的供給，被酒肉汙染了良心，以致於迷失了一切的理性！

——《雅典的泰門》（第四幕，第三景）

帕洛

好一個壞蛋，腦滿腸肥的……夫人，爵爺因為有要事，今晚就要動身，他很不願意剝奪您在新婚燕爾之夕應享的權利，可是因為時間有限[22]，迫不得已，只好來日再和您補敘歡情。請夫人暫時忍耐，等待將來別後重逢的無邊歡樂吧。

——《終成眷屬》（第二幕，第四景）

皮斯托

你用假骰子[23]到處詐騙，看你作孽到幾時！

——《溫莎的風流婦人》（第一幕，第三景）

---

22 譯註：此處原文為 Curbed Time，與葫蘆的拉丁名 Curbita 發音近似。

23 譯註：此處原文為 Gourd，應是指由乾燥的小葫蘆殼製成的骰子。

米尼涅斯
他臉上那股凶相，可以使熟**葡萄**變酸。
——《科利奧蘭納斯》（第五幕，第四景）

歌
來，巴克科斯，酒國的仙王，
你兩眼紅紅，胖胖皮囊！
替我們澆盡滿腹牢騷，
替我們滿頭掛上**葡萄**。
——《安東尼與克莉奧佩特拉》
（第二幕，第七景）

GRAPES
葡萄

克莉奧佩特拉
埃及**葡萄**的芳釀從此再也不會沾潤我的嘴
唇。
——《安東尼與克莉奧佩特拉》
（第五幕，第二景）

提泰妮亞
給他吃杏子、露莓和桑葚，
紫**葡萄**和無花果兒青青。
——《仲夏夜之夢》（第三幕，第一景）

泰門

去，痛痛快快地啜飲那**葡萄**美釀吧，直到
你們的血液因著烈酒而沸騰冒泡。

——《雅典的泰門》（第四幕，第三景）

試金石

那異教的哲學家想要吃一顆**葡萄**的時候，
便張開嘴唇來，把它放進嘴裡去；那意思
是表示葡萄是生來給人吃，嘴唇是生來要
張開的。

——《皆大歡喜》（第五幕，第一景）

拉佛

還有一顆**葡萄**呢！

——《終成眷屬》（第二幕，第一景）

G

伊阿古

去他的的聖潔！她喝的酒也是用**葡萄**釀成
的。

——《奧賽羅》（第二幕，第一景）

拉佛

啊，我的主上，您會因為吃不到**葡萄**，就
說不要吃嗎？但我給您的可是上等的**葡
萄**，您如果能拿到手，一定會吃的。

——《終成眷屬》（第二幕，第一景）

龐貝

老爺，那時候他坐在**葡萄**棚底下的一張矮
椅子上。那是您頂喜歡坐的地方，不是
嗎？

——《一報還一報》（第二幕，第一景）

庇里托俄斯

他的膚色紅潤健康，宛如熟透的**葡萄**。

——《兩位高貴的親戚》（第四幕，第二景）

畫中的**葡萄**能把可憐的鳥兒欺騙，但它的
眼睛雖飽嚐美味，肚腹卻仍感空虛。

——《維納斯與阿多尼斯》

誰會為了一顆甜美的**葡萄**
而毀壞整株**葡萄**藤呢？

——《露克麗絲》

牧羊人的兒子／小丑

四磅李子乾，還有同樣多的**葡萄乾**。

——《冬天的故事》（第四幕，第三景）

GRASSES
禾草

亨利五世

把你們嬌豔的少女和初生的嬰兒像割草一般剪除淨盡。

——《亨利五世》(第三幕,第三景)

格朗普雷

它們那蒼白、晦暗的嘴巴裡銜著骯髒的鐵嚼子和嚼碎的青草。

——《亨利五世》(第四幕,第二景)

盜匪甲

我們不能像鳥獸游魚一般,靠吃草、啄果、喝清水過活呀。

——《雅典的泰門》(第四幕,第三景)

塞瑞斯

敢問你的王后喚我到這長滿矮草的原野上來,有什麼吩咐?

——《暴風雨》(第四幕,第一景)

伊里主教

它就像夏天的草,在夜裡生長得最快。

——《亨利五世》(第一幕,第一景)

小丑

我不是尼布甲尼撒大王[24],先生,我對草可不在行。

——《終成眷屬》(第四幕,第五景)

理查二世

英格蘭的熱血終將濺灑在她的牧場的綠草上。

——《理查二世》(第三幕,第三景)

塔摩拉

我要用一些花言巧語去迷惑那老安德洛尼克斯。那些言語是比引誘魚兒上鉤的香餌或是毒害羊群的肥美青草更甜蜜也更危險的。

——《泰特斯·安德洛尼克絲》(第四幕,第四景)

彩虹女神艾莉絲

你那羊群棲息覓食的青青山嶺以及那秸稈遍地的平坦草原。

——《暴風雨》(第四幕,第一景)

薩福克

我可以赤身站在一座山頂上。那裡的嚴寒使草木不能生長。

——《亨利六世,第二部》(第三幕,第二景)

拉山德

當月亮在鏡波中映照她那銀色的容顏,當晶瑩的露珠點綴在草葉尖上的時候。

——《仲夏夜之夢》(第一幕,第一景)

---

24 譯註:尼布甲尼撒,巴比倫王,其吃草故事見《聖經,但以理書》。

岡特

把鳴囀的鳥兒當做樂師，把腳下的**草**地當做王室鋪地的香草，把鮮花看做美女。

——《理查二世》（第一幕，第三景）

凱德

我翻過了一堵磚牆進入這座花園，找點**草**和菜來吃。在這樣炎熱的天氣裡，這些東西至少可以讓我充飢果腹。

——《亨利六世，第二部》

（第四幕，第十景）

國王

對她說，他們爲了希望在這草坪上和她跳一次舞，已經跋涉山川，用他們的腳步丈量了不少的路程。

鮑益

他們說，他們爲了希望在這**草**坪上和您跳一次舞，已經跋涉山川，用他們的腳步丈量了不少路程。

——《愛的徒勞》（第五幕，第二景）

薩特尼納斯

這些消息把我嚇冷了大半截，使我像一朵霜打的殘花、一莖風吹的小草一般垂頭喪氣。

——《泰特斯‧安德洛尼克斯》
（第四幕，第四景）

哈姆雷特

嗯，可是「要等草兒青青」，這句諺語未免也太老套啦！

——《哈姆雷特》（第三幕，第二景）

奧菲莉亞

姑娘，姑娘，他死了。
一去不復來。
頭上蓋著青青草，
腳下石生苔。

——《哈姆雷特》（第四幕，第五景）

露西安娜

你如果真要變，只能變成驢子。

大德洛米奧

真的，她騎著我，而我只想吃草。

——《錯誤的喜劇》（第二幕，第二景）

薩萊尼奧

我一定常常拔草觀測風吹的方向。

——《威尼斯商人》（第一幕，第一景）

貢札羅

草兒看上去多麼茂盛而蓬勃！多麼青蔥！

——《暴風雨》（第二幕，第一景）

彩虹女神艾莉絲

到這青青的草地上來嬉戲吧！

——《暴風雨》（第四幕，第一景）

波令勃洛克

我們在這綠草如茵的土地上列隊行進。

——《理查二世》（第三幕，第三景）

鄉人丙

你得把一根草插進她的拳頭裡，她就會學乖，變得服服貼貼了。咱們五月節的慶典是不是就這麼安排定了？

——《兩個高貴的親戚》（第二幕，第三景）

在我這苑圍裡面你可以隨意遊蕩，
芳草萋萋的幽谷，景色秀麗的高原，
渾圓豐隆的丘陵，黑暗蓬亂的草叢，
可供你遮風避雨，再不怕風雲變幻。

——《維納斯與阿多尼斯》

如獵鷹響應召喚，她急急飛奔向前，
腳尖兒輕沾草地，不曾使草葉彎腰。

——《維納斯與阿多尼斯》

因為她躺在草上彷彿已陳屍在地，
直到他用噓息把生命吹進她嘴裡。

——《維納斯與阿多尼斯》

莎劇中的植物圖像
與相關引文

BOTANICAL
SHAKESPEARE
Plant Portraits, Alphabetically
AND QUOTES

HAREBELL
野風信子

阿維雷格斯

阿維雷格斯，

你不會缺少像你的臉龐一樣慘白的報春
花，也不會缺少像你的血管一樣蔚藍的野
風信子。

——《辛白林》（第四幕，第二景）

HAWTHORN
山楂

羅瑟琳

有一個男子……在**山楂**樹上銘刻詩篇，在
荊棘枝上鐫下哀歌。

——《皆大歡喜》（第三幕，第二景）

昆斯

這塊草地可以做咱們的戲臺，這處**山楂**樹
叢便是咱們的後台。

——《仲夏夜之夢》（第三幕，第一景）

帕克

我要把你們帶領得團團亂轉，
經過沼地和灌木叢，經過**山楂**樹和和密刺
薔薇。

——《仲夏夜之夢》（第三幕，第一景）

海倫娜

你那甜蜜的聲音比之小麥青青、**山楂**吐蕾
時節牧人耳中的雲雀之歌更加動聽。

——《仲夏夜之夢》（第一幕，第一景）

福斯塔夫

我不會像那些油頭粉面、口齒不清的少
年[25]一樣，說你這樣、說你那樣，把你
捧上天。

——《溫莎的風流婦人》（第三幕，第三景）

亨利六世

坐在**山楂**樹蔭下看守馴順的羊群的牧羊
人，不比坐在錦繡華蓋下害怕臣民造反的
國君更心情舒暢嗎？嗯，的確要好得多。
要好上一千倍。

——《亨利六世，第三部》（第二幕，第五景）

埃德加

寒風吹過有著尖刺的**山楂**樹。

——《李爾王》（第三幕，第四景）

阿賽特

你還是先回到你的**山楂**樹叢裡躲起來吧！

——《兩個高貴的親戚》（第三幕，第一景）

夏風狂作，吹落五月的嬌蕊[26]，
夏季的期限也未免太過短暫。

——《十四行詩第十八首》

哈姆雷特

他用卑鄙的手段，在我父親滿心俗念、罪
孽一如五月的**山楂**般繁盛時趁其不備把他
殺了。

——《哈姆雷特》（第三幕，第三景）

H

---

25 譯註：此處莎士比亞用Hawthorn-Buds（山楂花蕾）來形容這些少年。

26 譯註：此處是指山楂的花蕾。

HAZEL / NUT
榛樹

莫枯修

她的車子是松鼠和蛀蟲用空的**榛果**殼造成的。它們自古以來一直是專為小仙造車的工匠。

——《羅密歐與茱麗葉》（第一幕，第四景）

佩特魯喬

凱特像**榛樹**枝兒一樣娉婷纖直，像**榛果**一般黑裡透紅，比榛子仁更加甜美。

——《馴悍記》（第二幕，第一景）

卡列班

我要採成束的**榛果**獻給您。

——《暴風雨》（第二幕，第二景）

試金石

最甜美的**榛果**，殼也最酸，
這種**榛果**名字便叫羅瑟琳。

——《皆大歡喜》（第三幕，第二景）

西莉亞

可是要說起他的愛情真或不真，我誠心以為他就像一只有蓋的杯子或是一枚被蛀掉的**榛果**一樣空心。

——《皆大歡喜》（第三幕，第四景）

拉佛

相信我吧！這個輕飄飄的**榛果**裡面是不可能有果仁的。

——《終成眷屬》（第二幕，第五景）

莫枯修

你瞧見人家咬**榛果**，也會跟他吵架，理由只是因為你有一雙**榛果**色的眼睛。

——《羅密歐與茱麗葉》（第三幕，第一景）

忒耳西忒斯

赫克托要是把你們兩個人的腦殼捶開，那才是個大笑話，因為那簡直就像捶碎一個空心的爛**榛果**。

——《特洛伊羅斯與克瑞西達》
（第二幕，第一景）

貢札羅

我擔保他一定不會淹死，雖然這艘船並不比**榛果**殼更堅硬。

——《暴風雨》（第一幕，第一景）

提泰妮亞

我有一個善於冒險的小仙子，可以給你到松鼠的倉庫裡取一些新鮮的**榛果**來。

——《仲夏夜之夢》（第四幕，第一景）

哈姆雷特

天啊，要不是我做了許多噩夢，即便被關在一個**堅果殼**裡，我都能自命為擁有無限空間的君王。

——《哈姆雷特》（第二幕，第二景）

大德洛米奧

有的**魔鬼**只向人要一些指甲、頭髮，或者一滴血、一根燈草、一枚針、一顆**榛果**和櫻桃核。

——《錯誤的喜劇》（第四幕，第三景）

HEATH
歐石南

貢札羅

現在我真願意用一千頃海水來換取一畝荒
地，哪怕上面長滿了高高的**歐石南**和枯褐
的荊豆。

——《暴風雨》（第一幕，第一景）

H

HEBENON ／ HEBONA
毒草

鬼魂

你的叔父趁我不備，悄悄溜了進來，拿著
一個盛著**毒草**汁的小瓶，將一種使人麻痺
的藥水注入我的耳腔，那藥性發作起來，
會像水銀一樣很快地流過全身的大小血
管，像酸液滴進牛奶一般，把淡薄而健全
的血液凝結起來；它一進入我的體內，我
全身上下光滑的皮膚便立刻起了無數的皰
疹，像害著癩病似的滿佈可憎的鱗片。
——《哈姆雷特》（第一幕，第五景）

HEMLOCK
毒芹

勃艮第

毒麥、**毒芹**以及茂盛的延胡索在她那已經
休耕的土地上扎根滋長。

——《亨利五世》第五幕，第二景）

女巫丙

夜裡挖出來的**毒芹**根。

——《馬克白》（第四幕，第二景）

考狄利婭

頭上插滿了惡臭的地煙草、牛蒡、**毒芹**、
蕁麻、杜鵑花和各種蔓生在田間的野草。

——《李爾王》（第四幕，第四景）

HEMP
大麻

皮斯托

讓絞架把狗吊死，把人放了吧。別讓**大麻**繩勒住他的喉嚨，使他窒息。

——《亨利五世》（第三幕，第六景）

劇情解說人

看到水手們正爬上**大麻繩**製成的船索。

——《亨利五世》（第三幕，劇情解說）

帕克

哪幾個鄉巴佬[27] 膽敢在這兒說大話？

——《仲夏夜之夢》（第三幕，第一景）

凱德

那就給你一根**大麻繩**、一把斧頭，再加一碗熱酒。

——《亨利六世，第二部》（第四幕，第七景）

老闆娘

你這個**大麻**籽！

——《亨利四世，第二部》（第二幕，第一景）

H

27 譯註：此處鄉巴佬的原文是 Hempen Homespuns，意指「穿著自家紡製的粗麻衣裳的人」。

HOLLY
冬青

阿米恩斯（唱）

噫嘻呼！且向冬青歌一曲：

交友皆虛妄，恩愛癡人逐。

噫嘻呼**冬青**！

可樂唯此生。

——《皆大歡喜》（第二幕，第七景）

HONEYSUCKLE
忍冬

希羅

叫她偷偷溜到被**忍冬**密密纏繞的涼亭
裡。那兒繁茂的藤蘿受著太陽的煦養，
長成以後，卻不許日光進來。

——《無事生非》（第三幕，第一景）

歐蘇拉

我們也正是這樣引誘貝特麗絲上鉤。現
在她已經躲在**忍冬**花藤的濃蔭底下了。

——《無事生非》（第三幕，第一景）

提泰妮亞

睡吧！我要把你抱在我懷裡。菟絲也正
是這樣溫柔地纏附著芬芳的**忍冬**，柔弱
的常春藤也正是這樣繾綣著榆樹的臂
枝。

——《仲夏夜之夢》（第四幕，第一景）

客棧老闆娘

喔，你這個殺人的惡棍²⁸！

——《亨利四世第二部》（第二幕，第一景）

奧布朗

我知道一處百里香盛開的水灘，
長滿了櫻草和盈盈的三色堇，
馥郁的**忍冬**，甜美的麝香玫瑰，
還有那處處蔓生的野薔薇，
漫天張起了一幅芬芳的錦帷。

——《仲夏夜之夢》（第二幕，第一景）

28 譯註：「殺人的惡棍」原文為「Honeysuckle Villain」。一般認為此處Honeysuckle一字本應為
Homicidal（殺人的），但言語粗俗、經常用錯字的客棧老闆娘卻因口誤，將它說成了發音近似的
Honeysuckle（忍冬）一字。

HYSSOP
神香草

伊阿古

我們要這樣那樣,只有靠我們自己。我們
的身體就像一座園圃,我們的意志是這
園圃裡的園丁;不論我們要插蕁麻、種萵
苣、栽下**神香草**或拔除百里香;不論我們
要單單培植一種草木,或者同時栽種各色
花卉;無論我們要讓它荒廢不治,或加以
辛勤耕懇,那力量來自我們的意志。

——《奧賽羅》(第一幕,第三景)

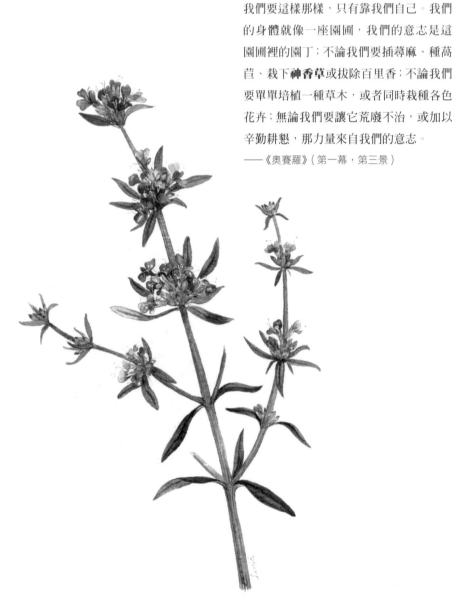

莎劇中的植物圖像
與相關引文

BOTANICAL
SHAKESPEARE
Plant Portraits, Alphabetically
AND QUOTES

INSANE ROOT
莨菪（天仙子）

班柯

我們現在談論的這些怪物，真的曾經在這

兒出現嗎？還是我們誤食了會讓人發瘋的

草根[29]，已經喪失了理智？

——《馬克白》（第一幕，第三景）

29 譯註：Insane Root，此處指的是莨菪（天仙子）。

IVY
常春藤

提泰妮亞

柔弱的**常春藤**也正是這樣纏繞在榆樹的臂枝上。

——《仲夏夜之夢》（第四幕，第一景）

普洛斯帕羅

他簡直成了一株**常春藤**，遮蔽了我參天的巨幹，吸去了我的精華。

——《暴風雨》（第一幕，第二景）

阿德里安娜

如果有什麼東西將你奪去，那些都是渣滓，是有待修剪的**常春藤**、密刺薔薇和苔蘚，吸取你的汁液，靠著你的迷惑存活。

——《錯誤的喜劇》（第二幕，第二景）

老牧人

他們已經嚇走了我的兩頭頂好的羊。我擔心在它們的主人還沒找到它們之前，狼已經先把它們找到了。此刻它們多半是在海邊啃著**常春藤**。

——《冬天的故事》（第三幕，第三景）

庇里托俄斯

他有一頭濃密的金色鬈髮，像糾結的**常春藤**一般編在一起，固定在頭上，即使是雷霆也無法震開。

——《兩個高貴的親戚》（第四幕，第二景）

I

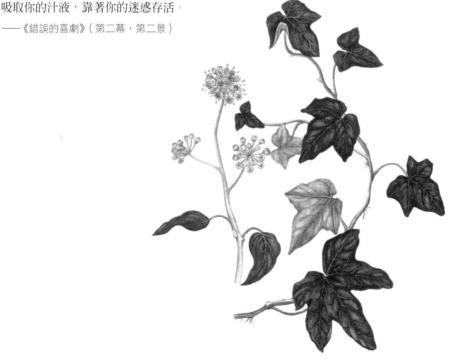

莎劇中的植物圖像
與相關引文

BOTANICAL
SHAKESPEARE
Plant Portraits, Alphabetically
AND QUOTES

KECKSIES

勃艮第

結果只長出了可惡的酸模草、粗硬的野薊、空莖的Kecksies*和牛蒡，此外什麼也沒有。

——《亨利五世》（第五幕，第二景）

KNOT-GRASS
萹蓄

拉山德

滾開！你這矮子！你這個發育不全的三寸丁[30]！你這小佛珠子！你這小青豆！

——《仲夏夜之夢》（第三幕，第二景）

*譯註：Collins字典解釋為Cowparsley（峨參）類植物的中空的莖，比對本書圖片，其葉形與峨參不同，附上原文供參。

30 譯註：此處原文為You minimus, of hindering knot-grass made，意指「你這個因為喝了萹蓄水以致生長遲緩的小東西。」

莎劇中的植物圖像
與相關引文

———— • ————

BOTANICAL
SHAKESPEARE
Plant Portraits, Alphabetically
AND QUOTES

LADY-SMOCKS / CUCKOO-FLOWERS
草甸碎米薺

春之歌
當各色的雛菊開遍牧場，
藍的三色堇，白的**草甸碎米薺**，
還有那毛茛吐蕾嬌黃，
大地盡是一片春意盎然。
——《愛的徒勞》第五幕，第二景）

柯迪莉亞
剛才還有人看見他，瘋狂得像洶湧的怒
海，高聲歌唱，頭上插滿了惡臭的延胡索
和犁溝草，以及牛蒡、毒芹、蕁麻、**草甸
碎米薺**，等各種雜生在麥田裡的野草。
——《李爾王》（第四幕，第四景）

LARK'S HEELS
翠雀

男孩（唱）

墳頭盛開金盞菊，**翠雀**輕盈綻放。

造化之物盡芬芳，新人腳下招展。

——《兩個高貴的親戚》（第一幕，第一景）

LAVENDER
薰衣草

帕迪塔

這是給你們的花兒，濃烈的**薰衣草**、薄荷、香薄荷和馬郁蘭。

——《冬天的故事》（第四幕，第四景）

LEEK
韭蔥

L

提斯柏

他的眼睛綠得像**韭蔥**。

——《仲夏夜之夢》（第五幕，第一景）

皮斯托

告訴他，到了聖大衛節，我要拔下他帽子上戴的那把**韭蔥**，打他的頭。

——《亨利五世》（第四幕，第一景）

弗魯愛林

如果陛下還記得的話，威爾斯人曾經在他們的蒙毛斯帽上插著**韭蔥**，在一個長著韭蔥的園子裡立下不小的戰功。陛下也知道，直到今天那仍然是我們軍隊中的光榮標誌。我相信，到了聖大衛節那一天，陛下您絕對不會不屑於在帽子上插上**韭蔥**的。

——《亨利五世》（第四幕，第七景）

LEMON
檸檬

俾隆

一顆**檸檬**。

郎格維

上面插著丁香。

——《愛的徒勞》（第五幕，第二景）

LETTUCE
萵苣

伊阿古

如果我們種下蕁麻或播下**萵苣**。

——《奧賽羅》（第一幕，第三景）

LILY ∕ LILY OF THE VALLEY
百合∕鈴蘭

帕迪塔

各式各樣的**百合**，包括鳶尾在內。

——《冬天的故事》（第四幕，第四景）

朗斯

她就像**百合**那樣的白，像一根棒子那樣瘦小。

——《維洛那二紳士》（第二幕，第三景）

法蘭西公主

憑著我那像一塵不染的**百合**一般純潔的處女貞操起誓。

——《愛的徒勞》（第五幕，第二景）

凱瑟琳王后

我像一朵**百合**，過去曾經是田野裡的皇后，繁榮茂盛，現在卻要垂下頭來，奄奄待斃了。

——《亨利八世》（第三幕，第一景）

裘麗亞

她頰上的玫瑰已經禁不起風吹而枯萎，她那**百合**般潔白的臉兒也已消瘦。

——《維洛那二紳士》（第四幕，第四景）

弗魯特

最俊美的皮拉摩斯，臉孔紅如紅玫瑰，肌膚白的賽過純白的**百合**。

——《仲夏夜之夢》（第三幕，第一景）

再甜的東西一旦變質就會發酸，**百合**一旦腐朽也臭不可當。

——《十四行詩第九十四首》

弗魯特

這**百合**般的嘴唇。

——《仲夏夜之夢》（第五幕，第一景）

克爾默

不過她要以處女之身，像一朵純潔無暇的**百合**，長眠於地下。

——《亨利八世》（第五幕，第五景）

埃契摩

鮮嫩的**百合**，你比你的被褥更潔白！

——《辛白林》（第二幕，第二景）

特洛伊羅斯

趕快把我載到得救者往生的樂土去，讓我徜徉在**百合**中央……

——《特洛伊羅斯與克瑞西達》

（第三幕，第二景）

瑪克斯

啊！要是那惡魔曾經看見這雙**百合**一般的纖纖玉手，像戰慄的白楊葉般彈弄著魯特琴。

——《泰特斯·安德洛尼克斯》

（第二幕，第四景）

泰特斯

更多的眼淚滾下她的臉頰，正像甘露滴在一朵被人折下、幾近枯萎的**百合**一般。

——《泰特斯·安德洛尼克斯》

（第三幕，第一景）

康斯坦絲

若論天生的稟賦，你可以誇耀自己如盛開的**百合**，半綻的薔薇。

——《約翰王》（第三幕，第一景）

基特律斯

啊，最芬芳最嬌美的**百合**！我的弟弟替你簪在襟上的這一朵，遠不及你自己長成的一半秀麗。

——《辛白林》（第四幕，第二景）

薩爾茲伯里

給純金鍍金，為**百合**抹粉，替紫蘿蘭添香……是一種浪費，是可笑的多餘……

——《約翰王》（第四幕，第二景）

肯特

一個膽小如鼠[31]、仗勢欺人的奴才。

——《李爾王》（第二幕，第二景）

馬克白

你這個膽小[32]的男孩！

——《馬克白》（第五幕，第三景）

我不驚艷於**百合**的潔白，
也不讚嘆那玫瑰花的朱紅。

——《十四行詩第九十八首》

我斥責**百合**盜用了你的晶瑩。

——《十四行詩第九十九首》

百合與玫瑰間這場無聲的鬥爭，
塔昆已在她美麗的面頰上看出。

——《露克麗絲》

她**百合**似的素手放在玫瑰色的頰下，
阻止了枕頭享受它應得的親吻。

——《露克麗絲》

31 譯註：此處原文為 Lily-Livered，這是因為中世紀時期，人們相信肝主勇氣，如果一個人的肝白的像百合花一般、毫無血色，這個人一定沒有勇氣，是個懦夫。

32 譯註：此處的原文也是 Lily-Livered。

你這臉兒就是我的旗號，
它使**百合**氣惱得白了香腮，
它使紅玫瑰慚愧得一臉紅潮。
——《露克麗絲》

一朵蒼白的**百合**，暈著錦緞的粉紅。
——《激情的漂泊者》

她用手拉住他的手，極盡溫柔，
有如一朵**百合**被囚禁在白雪的牢籠裡。
——《維納斯與阿多尼斯》

她那**百合**般的手指握成了拳頭。
——《維納斯與阿多尼斯》

那傷口位於他**百合**般潔白的腰間，
從那兒流出了鮮紅的淚水，把腰脅浸透。
——《維納斯與阿多尼斯》

L

LINE TREE / LINDEN
椴樹

愛麗兒

這一群囚徒仍聚集在爲你的洞室遮陰的那
幾棵**椴樹**底下。

——《暴風雨》（第五幕，第一景）

普洛斯帕羅

來，把它們掛在這棵**椴樹**[33] 上。

——《暴風雨》（第四幕，第一景）

斯蒂番諾

椴樹[34] 姑娘，這可不是我的短外套嗎？

——《暴風雨》（第四幕，第一景）

33 譯註：原文為 Line，也有可能指的是麻繩（請參見書後註釋）。
34 譯註：同上。

LOCUST
刺槐

伊阿古

現在他吃起來像**刺槐**豆一樣美味多汁的食物，不久就會變得像苦西瓜一般澀口了。

——《奧賽羅》（第一幕，第三景）

L

LONG PURPLES
斑葉疆南星

王后

她編了幾個奇異的花環帶到這裡來，用的是毛
茛、蕁麻、雛菊和**斑葉疆南星**——那**斑葉疆南
星**正派姑娘管它叫「死人的手指頭」，那些豪
放的牧羊人則給它取了一個不雅的名字。

——《哈姆雷特》（第四幕，第七景）

莎劇中的植物圖像
與相關引文

BOTANICAL
SHAKESPEARE
Plant Portraits, Alphabetically
AND QUOTES

MALLOW
錦葵

安東尼奧

他一定要把他種滿蕁麻。

塞巴斯蒂安

或是酸模草，或是**錦葵**。

——《暴風雨》(第二幕，第一景)

MANDRAKE／MANDRAGORA
毒蔘／曼德拉草

克莉奧佩特拉

給我喝一些**毒蔘**汁吧！

查米恩

爲什麼？娘娘。

克莉奧佩特拉

我的安東尼走了。讓我把這一段長長的時間昏睡過去吧！

——《暴風雨》（第二幕，第一景）

伊阿古

罌粟、**毒蔘**、或世上一切使人昏睡的藥草，都不能使你得到昨天晚上你還安然享受的酣眠。

——《奧賽羅》（第三幕，第三景）

茱麗葉

那些鬼魂會像被人從土裡拔出來的**毒蔘**一般尖叫，那淒厲的叫聲會讓聽到的活人發瘋。

——《羅密歐與茱麗葉》（第四幕，第三景）

福斯塔夫

你這個婊子養的、和**毒蔘**沒兩樣的小不點兒，與其讓你跟在我後頭，倒不如把你別在我的帽子上。

——《亨利四世，第二部》（第一幕，第二景）

福斯塔夫

他活脫脫是個飢荒的象徵，可是他卻好色的像隻猴子。娼妓們管他叫「**毒蔘**人」。他總是跟在時髦玩意兒屁股後頭跑。他把車夫用口哨吹出的曲子唱給那些受盡折磨的煙花女聽，而且還賭咒發誓說那是他自己想出來的幻想曲或小夜曲。

——《亨利四世，第二部》（第三幕，第二景）

薩福克

如果咒罵像**毒蔘**的呻吟一般可以致人於死……

——《亨利六世，第二部》（第三幕，第二景）

M

MARIGOLD / MARY-BUD
金盞花

帕迪塔

……陪著太陽就寢、又流著眼淚和他同時起身的**金盞花**。這些都是仲夏的花卉。

——《暴風雨》（第二幕，第一景）

瑪琳娜

在夏天尚未消逝之前，我要用黃的花、藍的花、紫色的紫蘿蘭、金色的**金盞花**鋪在你的墳上，像一面錦毯一般。

——《泰爾親王佩瑞克里斯》（第四幕，第一景）

克洛登（唱）

瞧那**金盞花**倦眼慵抬，

睜開它那金色的瞳睛。

——《辛白林》（第二幕，第三景）

男孩（唱）

墳頭盛開**金盞菊**。

——《兩個高貴的親戚》（第一幕，第一景）

得寵的王臣雖能春風得意於一時，但如**金盞花**開閉全仰太陽的鼻息，一旦龍顏震怒，他們便香消玉殞，昔日的榮華威風轉眼化作煙塵。

——《十四行詩第二十五首》

她的眸子有如**金盞花**，

已經隱斂它們的光輝，

在黑暗的籠罩下甜蜜的酣睡，

到睜開時好為白晝增添嫵媚。

——《露克麗絲》

MARJORAM
馬郁蘭

帕迪塔

這是給你們的花兒，濃烈的薰衣草、薄
荷、香薄荷和**馬郁蘭**。

——《冬天的故事》（第四幕，第四景）

小丑

的確是，先生，她就像沙拉裡最美味的甜
馬郁蘭，或者應該說是芸香。

——《終成眷屬》（第四幕，第五景）

我斥責百合花模仿你的纖纖玉手，
也斥責**馬郁蘭**偷取你髮上的氣息。

——《辛白林》（第二幕，第三景）

李爾

報口令！

埃德加

甜**馬郁蘭**。

李爾

過關！

——《李爾王》（第四幕，第六景）

145

MEDLAR
歐楂

艾帕曼特斯

這兒有一顆**歐楂**果，你把它吃下去吧。

泰門

我從不吃我痛恨的東西。

艾帕曼特斯

怎麼，你竟痛恨**歐楂**？

泰門

正是，雖然它和你有幾分相像。

艾帕曼特斯

你若早知道自己不喜歡吃**歐楂**，就不至於像現在這樣糟蹋自己了。

——《雅典的泰門》（第四幕，第三景）

試金石

真的，這株樹生的果子太壞了。

羅瑟琳

那我就把它嫁接到你身上，

然後再嫁接到歐楂樹上；

這樣它將會是地裡最早長出的果子，

因為你還沒半熟就爛掉了。

歐楂就是這個樣子。

——《皆大歡喜》（第三幕，第二景）

路西奧

我發誓說沒有這樣的事，否則他們就要我跟那個爛婊子[35]結婚了。

——《一報還一報》（第四幕，第三景）

莫枯修

愛情要是盲目的，就射不中目標啦！

現在他要坐在**歐楂**樹下，

盼望心上人變成姑娘們笑稱的歐楂果。

啊，羅密歐，

但願你的心上人變成那「屁股果」，

而你則變成那「小鳥梨」。

——《羅密歐與茱麗葉》（第二幕，第一景）

35 譯註：「爛婊子」的原文為 Rotten Medlar，意為「腐爛的歐楂果」。

MINT
薄荷

帕迪塔

這是給你們的花兒，濃烈的薰衣草、**薄荷**、香薄荷和馬郁蘭。

——《冬天的故事》（第四幕，第四景）

亞馬多

我就是那花。

杜曼

那**薄荷花**。

郎格維

那樓斗菜。

——《愛的徒勞》（第五幕，第二景）

MISTLETOE
槲寄生

塔摩拉

現在雖然是夏天，這些樹木卻是蕭條而枯瘦的，被苔蘚和有害的**槲寄生**所侵蝕。

——《泰特斯 安德洛尼克斯》

（第二幕，第三景）

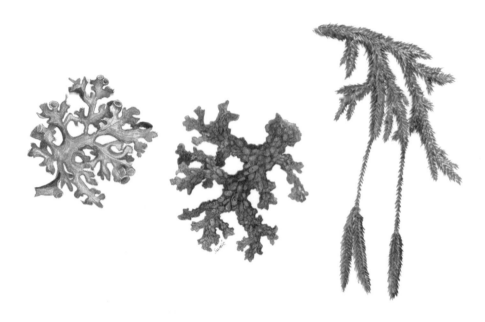

MOSS
苔蘚

阿德里安娜

如果有什麼東西將你奪去，那就是渣滓，
是有待修剪的常春藤、密刺薔薇和**苔蘚**，
吸取你的汁液，靠著你的迷惑存活。
——《錯誤的喜劇》（第二幕，第二景）

塔摩拉

現在雖然是夏天，這些樹木卻是蕭條而枯
瘦的，被**苔蘚**和有害的槲寄生所侵蝕。
——《泰特斯·安德洛尼克斯》
（第二幕，第三景）

艾帕曼特斯

這些壽命超過鷹隼、覆滿**苔蘚**的老樹。
——《雅典的泰門》（第四幕，第二景）

烈火騎士

尖塔和長滿**苔蘚**的城堡。
——《亨利四世，第一部》（第三幕，第一景）

奧列佛

在一株覆滿**苔蘚**、梢頭已經乾枯的老橡樹
底下……
——《皆大歡喜》（第四幕，第三景）

阿維雷格斯

當百花凋謝的時候，我仍會用茸茸的**苔
蘚**，覆住你冰冷的屍體。
——《辛白林》（第四幕，第二景）

MULBERRIES
桑椹

提泰妮婭

給他吃杏子、露莓、

紫葡萄和青色的無花果，

以及**桑椹**。

——《仲夏夜之夢》（第三幕，第一景）

他的足跡所到之處，鳥兒們都歡欣。

有的婉轉嬌鳴，

有的則用尖喙銜給他**桑椹**和鮮紅成熟的櫻桃。

鳥兒們飽餐他秀色，並以漿果回報。

——《維納斯與阿多尼絲》

伏倫妮亞

讓你那剛強的心變得像完全成熟、禁不起

觸碰的**桑椹**一般謙卑。

——《科利奧蘭納斯》（第三幕，第二景）

開場詩／昆斯

提斯柏躲在**桑樹**的樹蔭裡。

——《仲夏夜之夢》（第五幕，第一景）

求婚人

巴拉蒙走了，到林子裡採**桑椹**去了。

——《兩個高貴的親戚》（第四幕，第一景）

MUSHROOM / TOADSTOOL
蘑菇、蕈類

普洛斯帕羅

你們這些在月下的草地上留下環舞的痕
跡，使羊群不敢走近，並且在半夜以製造
蕈菌為樂事的小妖們。

——《暴風雨》（第五幕，第一景）

小仙

我在仙后麾下奔走服務，
讓草上的**蘑菇**綴滿露珠。

——《仲夏夜之夢》（第二幕，第一景）

提泰妮亞

我們將和著呼嘯的風跳起環舞。

——《仲夏夜之夢》（第二幕，第一景）

埃阿斯

壞東西[36]！把布告唸給我聽。

——《特洛伊羅斯與克瑞西達》
（第二幕，第一景）

魁格來夫人

每夜每夜你們手挽手在草地上，
拉成一個圈圈兒跳舞歌唱，
在清晨的草上留下你們的足跡。

——《溫莎的風流婦人》（第五幕，第五景）

36 譯註：此處原文為 Toadstool，即罵對方「毒菇」之意。

M

MUSTARD
芥菜

福斯塔夫

去他的吧！猴子一個！他那腦袋瓜就像圖克斯柏里的**芥末**一樣渾濁黏膩，還不如一根木槌子呢！

——《亨利四世，第二部》（第二幕，第四景）

格魯米奧

要不要來片牛肉，配上**芥末**？

凱薩琳娜

那正是我愛吃的一道菜。

格魯米奧

可是那**芥末**有點兒太嗆了。

凱薩琳娜

那麼光吃牛肉就好了，不用放**芥末**了。

格魯米奧

那可不成。您要吃牛肉，一定得放**芥末**。

凱薩琳娜

放也好，不放也好，牛肉也好，別的什麼也好。隨你的便給我拿些來吧。

格魯米奧

那好，只有**芥末**，沒有牛肉。

——《馴悍記》（第四幕，第三景）

波頓

芥菜子先生在哪兒？

芥菜子

我在這兒！

波頓

把您的小手兒給我，**芥菜**子先生。請您不用多禮了吧，好先生。

芥菜子

您有什麼吩咐？

波頓

沒什麼，我的好先生，只是請您幫蛛網君替咱搔搔癢。

——《仲夏夜之夢》（第四幕，第一景）

羅瑟琳

傻瓜，你從哪兒學到這樣發誓的？

試金石

是從一個騎士那兒學來的。他以他的名譽發誓說煎餅很好，又以他的名譽發誓說**芥末**不行，可是我知道煎餅不行，芥末很好，但是那騎士也不算是發假誓……假如你們用自己所沒有的東西發誓，那你們就不算是發假誓。這個騎士雖然以他的名譽發誓，但因為他從來不曾有過什麼名譽，

所以也不算是在發假誓。就算他曾經有過名譽，他也早在他看見這些煎餅和**芥末**之前發誓發掉了。

——《皆大歡喜》（第一幕，第二景）

提泰妮亞

豌豆花！蛛網！飛蛾！**芥菜**子……

波頓

好**芥菜**子先生，咱知道您曾經飽嚐艱辛。那塊恃強凌弱的大牛排曾經把您家裡的好多人都吞下肚子。不瞞您說，您的親戚們曾經把咱嗆出眼淚來。咱希望跟您交個朋友，我的好**芥菜**子先生。

——《仲夏夜之夢》（第三幕，第一景）

MYRTLE
香桃木

教師

不久前，我只是一個地位卑微的人。如果
他是汪洋大海，那我只不過是**香桃葉**上的
一滴露珠。

——《安東尼與克莉奧佩特拉》
（第三幕，第十二景）

維納斯挨著阿多尼斯坐在一起，
她追求他的愛情，在**香桃木**的樹蔭。
——《激情漂泊者》

伊莎貝拉

上天是慈悲的。它寧願以雷霆的火力去劈
碎一株槎枒壯碩的橡樹，卻不願損害柔弱
的**香桃木**。

——《一報還一報》（第二幕，第二景）

接著她便帶著憂傷匆匆前往一座**香桃**樹
叢。

——《維納斯與阿多尼斯》

莎劇中的植物圖像
與相關引文

BOTANICAL
SHAKESPEARE
Plant Portraits, Alphabetically
AND QUOTES

NETTLES
蕁麻

柯迪莉亞

頭上插滿了惡臭的延胡索和犁溝草，以及牛蒡、毒芹、蕁麻、碎米薺等，各種雜生在麥田裡的野草。

——《李爾王》（第四幕，第四景）

王后

剪秋羅、蕁麻、雛菊和斑葉疆南星。

——《哈姆雷特》（第四幕，第七景）

安東尼奧

他一定要把它種滿蕁麻。

——《暴風雨》（第二幕，第一景）

薩特尼納斯

你只要撥開那棵接骨木下的蕁麻，便可以找到你的酬勞。

——《泰特斯·安德洛尼克斯》

（第二幕，第三景）

理查二世

為我的敵人長出螫人的蕁麻吧！

——《理查二世》（第三幕，第二景）

烈火騎士

我的傻瓜大人，我們正是要從「危險」這叢蕁麻裡去採「安全」這朵鮮花！

——《亨利四世，第一部》（第二幕，第三景）

伊里主教

長在蕁麻叢底下的草莓。

——《亨利五世》（第一幕，第一景）

克瑞西達

那麼我就像一棵五月裡的蕁麻一樣，在他的淚雨之下成長。

——《特洛伊羅斯與克瑞西達》

（第一幕，第二景）

列昂特斯

你以為我這麼傻，發痴似的這樣自尋煩惱，使我的被褥蒙上不潔，讓刺棒、荊棘、蕁麻和黃蜂的尾巴來搗亂我的睡眠嗎？

——《冬天的故事》（第一幕，第二景）

米尼涅斯

是蕁麻我們就叫它蕁麻，是傻瓜終究便是傻瓜。

——《科利奧蘭納斯》（第二幕，第一景）

巴拉蒙

我把您的轅軛看作是玫瑰的花環，雖然它

比鉛塊還沉重，比**蕁麻**還螫人。

——《兩個高貴的親戚》（第五幕，第一景）

伊阿古

如果我們種下**蕁麻**或播下萵苣。

——《奧賽羅》（第一幕，第三景）

NUTMEG / MACE
肉荳蔻

奧爾良
它的顏色就像荳蔻一樣。

——《亨利五世》（第三幕，第七景）

牧羊人的兒子／小丑
我得買些番紅花粉來爲梨子餡餅增添顏色。那**肉荳蔻**？椰棗呢？不要，那不曾開在我的帳上。**肉荳蔻**仁，七枚；生薑，一兩塊，可是這些我可以去向人討。四磅李子乾，還有同樣多的葡萄乾。

——《冬天的故事》（第四幕，第三景）

亞馬多
瑪斯，那長槍萬能的戰神，

賜予赫克托——

杜曼
一顆鍍金的**肉荳蔻**。

——《愛的徒勞》（第五幕，第二景）

莎劇中的植物圖像
與相關引文

BOTANICAL
SHAKESPEARE
Plant Portraits, Alphabetically
AND QUOTES

OAK
橡樹

普洛斯帕羅

我把火給予震雷，
用朱比特的霹靂
劈碎了他那棵粗壯的**橡樹**。

華列克

它的樹巔俯視著碩大無朋的**橡樹**，保護低
矮的灌木不受凜冽的冬風吹襲。

——《亨利六世，第三部》（第五幕，第二景）

班尼狄克

一株禿得只剩一片綠葉的**橡樹**，也會忍不
住跟她拌嘴。

——《無事生非》（第二幕，第一景）

伊莎貝拉

以雷霆的火力去劈一株槎枒壯碩的**橡樹**。

——《一報還一報》（第二幕，第二景）

臣甲

他躺在溪邊林子中的一株**橡樹**底下，那古
老的樹根裸露在那嘩然流動的水面上。

——《皆大歡喜》（第二幕，第一景）

奧列佛

在一株覆滿苔蘚、梢頭已經乾枯的老**橡樹**
底下……

——《皆大歡喜》（第四幕，第三景）

馬歇斯

誰要是依靠你們的恩寵，等於是用鉛造的
鰭游泳，用燈心草去砍伐**橡樹**。

——《科利奧蘭納斯》（第一幕，第一景）

范頓

十二點到一點鐘之間，在赫恩的**橡樹**那兒
等著我。

——《溫莎的風流婦人》（第四幕，第六景）

羅瑟琳

樹上會落下這樣的果子來，那真可以說是
神樹[37] 了。

——《皆大歡喜》（第三幕，第一景）

福斯塔夫

請您在半夜的時候，到赫恩**橡樹**那兒去，
就可以看到新鮮的事兒。

——《溫莎的風流婦人》（第五幕，第一景）

昆斯

我們在公爵的**橡樹**那兒碰面。

——《仲夏夜之夢》（第一幕，第二景）

培琪太太

他們都蹲在赫恩**橡樹**旁邊的一個土坑裡
……

福德太太

時間快到啦！到**橡樹**底下去，到橡樹底下
去！

——《溫莎的風流婦人》（第五幕，第三景）

魁格萊夫人

等到鐘敲一下時，可不要忘了，
我們還要繞著赫恩的**橡樹**跳舞。

——《溫莎的風流婦人》（第五幕，第五景）

泰門

橡樹上長著橡實，野薔薇也長著一粒粒紅
色的果實。

——《雅典的泰門》（第四幕，第三景）

涅斯托

當烈風彎折了多瘤的**橡樹**。

——《特洛伊羅斯與克瑞西達》
（第一幕，第三景）

伏倫妮亞

他第三次回家時頭上便戴著**橡樹**葉子做的
冠冕。

——《科利奧蘭納斯》（第二幕，第一景）

泰門

無數的人像葉子依附著**橡樹**一般依附著
我，可是經不起冬風一吹，他們便落下
枝頭，剩下我枯乾、赤裸的忍受風雨的
摧殘。

——《雅典的泰門》（第四幕，第三景）

伊阿古

她這樣小小的年紀，就有這般能耐，做作
的不露一絲破綻，像**橡樹**一般把她父親的
眼睛完全遮蔽。

——《奧賽羅》（第三幕，第三景）

37 譯註：原文為 Jove's Tree（朱比特之樹）。

普洛斯帕羅

如果你再囉哩囉唆，我就劈開一棵**橡樹**，
把你釘在它多瘤的樹幹中心。

——《暴風雨》（第一幕，第二節）

阿維雷格斯

此刻於你，蘆葦亦如同**橡樹**。

——《辛白林》（第四幕，第二景）

李爾王

把**橡樹**都劈開的雷電。

——《李爾王》（第三幕，第二景）

納森聶爾

雖然返躬自愧，對你我將誓竭忠貞，
昔日的**橡樹**已化作依人的弱柳，
請細讀它一葉葉的柔情蜜愛。

——《愛的徒勞》（第四幕，第二景）

伏倫妮亞

我讓他參加一場殘酷的戰爭。當他回來的
時候，他的頭上戴著**橡樹**葉子編成的桂
冠。

——《科利奧蘭納斯》（第一幕，第三景）

信使

斧頭雖小，只要用它不斷地砍，也能把最
堅硬的**橡樹**砍倒。

——《亨利六世，第三部》（第二幕，第一景）

培琪太太

有一個古老的傳說：曾經在本地的溫莎森
林裡做過守林人的獵人赫恩，總是在冬天
的深夜裡出現，繞著一株**橡樹**兜圈子，他
的頭上還有一雙又粗又大的角……

培琪

是呀，有許多人不敢在深夜裡經過這株赫
恩的**橡樹**呢……

福德太太

我們要叫福斯塔夫在那**橡樹**旁邊等著我
們。

蒙太諾

哪一艘**橡樹**船能禁得起像山一般的巨浪衝
擊呢？

——《奧賽羅》（第二幕，第一景）

考密涅斯

他是戰場上最勇敢的男子。為了旌揚他的
功績，他的額上被加上了**橡葉**做的冠冕。

——《第二幕，第二景》

守卒乙

我們的主將是個好漢；他是岩石，是風吹
不折的**橡樹**。

——《科利奧蘭納斯》（第五幕，第二景）

伏倫妮亞

你的怒氣宛如一道雷霆，足以劈開一棵**橡
樹**。

——《科利奧蘭納斯》（第五幕，第三景）

凱斯卡

我曾經看過咆哮的狂風劈裂多瘤的**橡樹**。

——裘利斯·凱撒（第一幕，第三景）

信使

他的頭上戴著屬於勝利者的**橡葉**冠冕。

——《兩個高貴的親戚》（第四幕，第二景）

時光會……

讓老**橡樹**的汁液乾涸。

——《露克麗絲》

寶琳娜

如同**橡樹**或岩石那般穩固。

——《冬天的故事》（第二幕，第三景）

OATS
燕麥

艾莉絲

塞瑞斯，最豐饒的女神，請你離開你那滋長著小麥、大麥、黑麥、**燕麥**、野豆和豌豆的良田。

春之歌

當牧羊人吹起**燕麥**桿做成的笛子。

——《愛的徒勞》（第五幕，第二景）

波頓

說真的，來一堆糧秣吧！您要是有好的乾**燕麥**，也可以給咱大嚼一頓。

——《仲夏夜之夢》（第四幕，第一景）

格魯米奧

大爺，馬已經備好了。**燕麥**已經吃了馬。

——《馴悍記》（第三幕，第二景）

腳伕甲

自從**燕麥**漲價之後，那可憐的傢伙就從來沒有快活過。那簡直要了他的命。

——《亨利四世，第一部，第二幕，第一景》

軍官

我不會拉車，也吃不了乾**燕麥**，但只要是男子漢該做的事，我就會去做。

——《李爾王》（第五幕，第三景）

獄吏的女兒

大約兩百捆乾草，二十斛**燕麥**，但他決不會要她的。

——《兩個高貴的親戚》（第五幕，第二景）

OLIVE
洋橄欖

克萊倫斯

上帝在你誕生時給了你**洋橄欖**枝。

——《亨利六世，第三部》（第四幕，第六景）

艾西巴第斯

帶我到你們的城裡去吧。我要一手握著**洋橄欖**枝，一手握著寶劍，使戰爭孕育和平，使和平終止戰爭。

——《雅典的泰門》（第五幕，第四景）

凱撒

但願今天一戰成功，讓這三足鼎立的世界從此**洋橄欖**[38]遍地，干戈不再。

——《安東尼與克莉奧佩特拉》
（第四幕，第六景）

凱瑟琳

你們若想知道我家在何處，就在這兒附近的那座**洋橄欖**樹林內。

——《皆大歡喜》（第三幕，第五景）

奧列佛

請問你們知不知道在這座樹林的邊界有一棟被**洋橄欖**樹環繞的牧羊人小屋？

——《皆大歡喜》（第四幕，第三景）

薇奧拉

我不是來向您宣戰，也不是來要求您臣服；我手裡握著**洋橄欖**枝，我的話裡充滿了和平，也充滿了意義。

——《第十二夜》（第一幕，第五景）

威斯摩蘭

和平女神已經把她的**洋橄欖**枝插遍全國各地。

——《亨利四世，第二部》（第四幕，第四景）

象徵和平的**洋橄欖**枝將永世長存。

——《十四行詩第一百零七首》

---

38 譯註：橄欖是和平的象徵。

ONION
洋蔥

波頓

諸位親愛的演員們，千萬別吃**洋蔥**和大蒜，因爲咱們得要保持口氣的芬芳。

——《仲夏夜之夢》（第四幕，第二景）

拉佛

我的眼睛聞到**洋蔥**的氣味了。我要哭了。朋友，借條手帕兒給我。

——《終成眷屬》（第五幕，第三景）

愛諾巴勃斯

如果必須灑幾滴眼淚的話，儘可藉助於**洋蔥**的力量。

——《安東尼與克莉奧佩特拉》
（第一幕，第二景）

愛諾巴勃斯

瞧，他們都在哭啦！我這蠢才的眼睛也被**洋蔥**薰到了。

——《安東尼與克莉奧佩特拉》
（第四幕，第二景）

貴族

要是這孩子沒有女人家隨時淌眼淚的本事，只要把一顆**洋蔥**包在手帕裡，拿來擦擦眼皮，眼淚就會流出來了。

——《馴悍記》（序幕，第一景）

ORANGE
橙子

碧翠思

這位伯爵無所謂高興不高興，也無所謂害
病不害病；您瞧他皺著眉頭，也許他吃了
一個酸**橙子**，看起來有點酸溜溜的。

——《無事生非》（第二幕，第一景）

克勞狄奧

不要把這個壞**橙子**送給你的朋友。

——《無事生非》（第四幕，第一景）

米尼涅斯

你們費去整個大好的下午時光，審判一個
賣橙子的女人和一個塞子小販的官司。

——《科利奧蘭納斯》（第二幕，第一景）

OXLIP
牛舌報春花

帕迪塔

英勇無畏的**牛舌報春花**和花貝母。

——《冬天的故事》（第四幕，第三景）

男孩（唱）

牛舌報春花，春神頭胎女。

——《兩個高貴的親戚》（第一幕，第一景）

奧布朗

我知道一處百里香盛開的河岸，

長滿了**牛舌報春花**和綠盈盈的三色堇。

——《仲夏夜之夢》（第二幕，第一景）

莎劇中的植物圖像
與相關引文

———◆———

BOTANICAL
SHAKESPEARE
Plant Portraits, Alphabetically
AND QUOTES

PALM
棕櫚

羅瑟琳

瞧，這是我在一株棕櫚樹上看到的。

——《皆大歡喜》（第三幕，第二景）

哈姆雷特

兩國之間的友誼，必須讓它像**棕櫚**樹一般繁茂興盛。

——《哈姆雷特》（第五幕，第二景）

伏倫妮亞

高舉著勝利的**棕櫚**枝，因為你已經勇敢地濺灑了你的妻子兒女的血。

——《科利奧蘭納斯》（第五幕，第三景）

凱歇斯

獨享勝利的榮耀[39]。

——《裘利斯‧凱撒》（第一幕，第二景）

畫師

您將會看到他再度屹立於雅典，有如一株**棕櫚**，揚眉吐氣，位居要津。

——《雅典的泰門》（第五幕，第一景）

幻夢

六個身穿白袍的人物一個接一個踩著莊嚴而輕盈的腳步出場。他們頭戴月桂冠，臉上罩著金色面具，手裡拿著月桂樹枝或**棕櫚**枝。

——《亨利八世》（第四幕，第二景）

39 譯註：此處原文為 Bear the palm alone（獨自持著棕櫚枝）。

PANSY
三色菫

奧菲莉亞

這是表示相思的**三色菫**。

——《哈姆雷特》（第四幕，第五景）

盧生提奧

當我在那兒閒閒看著她們的時候，卻在無意中感受到了**相思花***的魔力。

——《馴悍記》（第一幕，第一景）

奧布朗

我看到丘比特的箭落在西方一朵小小的花上。它原本是乳白色的，卻因爲愛情的創傷而被染成紫色。少女們把它稱做「**三色菫**」。去給我把那花採來。我曾經給你看過它的樣子。它的汁液如果滴在睡著的人的眼皮上，那麼無論那人是男是女，醒來一眼看到什麼生物，都會瘋狂的愛上它。

——《仲夏夜之夢》（第二幕，第一景）

奧布朗

這一朵苦艾花採自月神的園庭，
它將使那**三色菫**不再產生作用。

——《仲夏夜之夢》（第四幕，第一景）

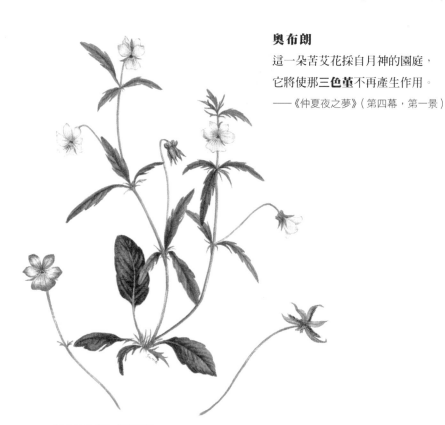

* 見 P.275 植物名稱釋義。

PARMACETI
薺菜

烈火騎士

我那時全身傷口凍得生疼，卻被這樣一個聒噪的人苦苦糾纏。出於痛苦，也出於不耐煩，我便毫不客氣地頂了他幾句。我已經不知道自己說了些什麼，或者對他的行為做了什麼評論，因為我見到他那副神氣，聞到他那一身香味，聽見他像個宮廷女官似的談著大砲、戰鼓和傷口，就氣得發瘋——上帝禁止我這樣說話！他還告訴我薺菜乃是世上治療體內瘀傷的首選靈藥，又說從與人無忤的大地裡掘出可惡的硝石，讓它如此怯懦的殺害了許多英雄豪傑，實在令人遺憾。

——《亨利四世，第一部》（第一幕，第三景）

PARSLEY
歐芹

比昂特洛

我知道有一個女人有一天下午到園子裡去拔**歐芹**做燒兔子的餡料，然後就莫名其妙的和人家結婚了。

——《馴悍記》（第四幕，第四景）

PEACH
桃

龐貝

還有一個舞迷少爺，他被綢緞商三層毛先生給控告了，為的是四套**桃**色的緞面衣裳。現在他可成了一個叫化子。

——《一報還一報》（第四幕，第三景）

王子

我還注意到你有多少雙絲襪，就是說現在這一雙，再加上一雙**桃**紅色的。

——《亨利四世，第二部》（第二幕，第二景）

P

PEAR
梨

福斯塔夫

他們一定會用俏皮話兒把我挖苦得像一個乾癟的**梨**一般喪氣。

——《溫莎的風流婦人》（第四幕，第五景）

帕洛

貞操保持久了，就像一顆乾癟的**梨**，樣子難看，入口也無味，雖然它從前也是很甘美的，現在卻已經乾癟了。要它做什麼呢？

——《終成眷屬》（第一幕，第一景）

小丑

我得買些番紅花粉來爲**梨**餡餅增添顏色。

——《冬天的故事》（第四幕，第三景）

莫枯修

啊，羅密歐，但願你的心上人變成那「屁股果」，而你則變成那「小鳥**梨**」。

——《羅密歐與茱麗葉》（第二幕，第一景）

PEAS
豌豆
Peascod、Peaseblossom、Squash

彩虹女神艾莉絲

塞瑞斯,最豐饒的女神,請你離開你那小麥、黑麥、大麥、野豆、燕麥和**豌豆**繁茂滋長的良田。

——《暴風雨》(第四幕,第一景)

腳伕乙

這兒的**豌豆**和黃豆都潮濕得要命。

——《亨利四世,第一部》(第二幕,第一景)

俾隆

這傢伙喜歡拾人牙慧,就像鴿子啄食**豌豆**。

——《愛的徒勞》(第五幕,第二景)

波頓

咱寧可吃一、兩把乾**豌豆**。

——《仲夏夜之夢》(第四幕,第一景)

弄臣

那是一根剝剩的**豌豆**莢。

——《李爾王》(第一幕,第四景)

試金石

我記得我曾經把一顆**豌豆**莢權當作她而向她求婚。

——《皆大歡喜》(第二幕,第四景)

馬伏里奧

說是個大人吧,年紀還太輕;說是個孩子吧,又嫌大些。就像是一個沒有成熟的**豌豆**莢,或是一顆半生的蘋果。

——《第十二夜》(第一幕,第五景)

老闆娘

我認識你已有二十九年,都在**豌豆**出莢的時候見面。

——《亨利四世,第二部》(第二幕,第四景)

列昂提斯

我覺得那時的我多麼像這個小東西、這個嫩**豌豆**莢兒、這位小紳士。

——《冬天的故事》(第一幕,第二景)

波頓

啊,請代我向令堂**豌豆**莢太太和令尊**豌豆**殼先生致意。

——《仲夏夜之夢》(第三幕,第一景)

PEPPER
胡椒

P

福斯塔夫

我已經忘了禮拜堂裡面是什麼樣子了。我若說假話，我就是粒一文不值的乾**胡椒**、一匹奄奄一息的酒坊的馬。

——《亨利四世，第一部》（第三幕，第三景）

福德

這回我一定不讓他跑掉，他不可能逃得掉。我會搜他個遍，連個小錢包或**胡椒**罐子也不放過。

——《溫莎的風流婦人》（第三幕，第五景）

安德魯

挑戰書已經寫好了。你讀讀看。保證內容像醋一樣酸，像**胡椒**一樣嗆。

——《第十二夜》（第三幕，第四景）

烈火騎士

像這樣有氣無力[40] 的發誓。

——《亨利四世，第一部》（第三幕，第一景）

親王

我向上帝祈禱，但願你沒有殺死他們幾個。

福斯塔夫

不，來不及了，我已經捅死[41] 了兩個。

——《亨利四世，第一部》（第二幕，第四景）

福斯塔夫

我把我那群叫化子兵帶上了戰場，每個人都給穿了七個窟窿八個眼[42]。

——《亨利四世，第一部》（第五幕，第三景）

莫枯修

我已經完蛋[43] 了。

——《羅密歐與茱麗葉》（第三幕，第一景）

---

40 譯註：原文為 Pepper-gingerbread。

41 譯註：此處「捅死」的原文是 Peppered。

42 譯註：此處原文為 Peppered，即「受到連續攻擊」之意。

43 譯註：此處原文為 I am peppered。

PIG-NUT
錐足草

卡列班

請您讓我帶您到那長著野蘋果的地方；我
要用我的長指爪為您挖出**錐足草**。

——《暴風雨》（第二幕，第二景）

P

PINE
松樹

普洛斯帕羅

她在盛怒之下，便藉著她那些比較強而有力的妖役的幫助，把你幽禁在一株**松樹**的裂縫中。

——《暴風雨》（第一幕，第二景）

普洛斯帕羅

是我到了這個島上，聽見你的哀鳴後，才用我的法術讓那株**松樹**張開裂口，把你放了出來。

——《暴風雨》（第一幕，第二景）

薩福克

這棵大**松樹**就這樣倒啦，它的枝葉都垂了
下來。

——《亨利六世，第二部》（第二幕，第三景）

普洛斯帕羅

我使穩固的海岬震動，連根拔起了**松樹**和
香柏。

——《暴風雨》（第五幕，第一景）

阿迦曼農

正像癰結的樹瘤扭曲了**松樹**的紋理，妨害
了它的發展一樣。

——《羅斯與克瑞西達》（第一幕，第三景）

安東尼

在那株**松樹**矗立的地方，我將可以看見一
切。

——《安東尼與克莉奧佩伊拉》
（第四幕，第十二景）

安東尼

剩下這一樹凌霄獨立的孤**松**，悲悵它的鱗
摧甲落。

——《安東尼與克莉奧佩伊拉》
（第四幕，第十二景）

培拉律斯

像最粗暴的狂風一般拔起山上的**松樹**，使
它向山谷彎腰。

——《辛白林》（第四幕，第二景）

臣甲

我在一叢**松樹**後面碰見他們。

——《冬天的故事》（第二幕，第一景）

理查王

當天光從地球那面出現，照亮了東邊的**松**
柏雄偉的樹巔。

——《理查二世》（第三幕，第二景）

安東尼奧

叫那山上的**松樹**，在受到天風吹拂的時
候，不要搖頭擺腦，發出欷欷的聲音。

——《威尼斯商人》（第四幕，第一景）

啊！天哪！挺拔的青**松**若被剝掉樹皮，
它的樹液便會乾涸，葉兒也隨之凋落，
我若失了身子，靈魂也會從此腐朽。

——《露克麗絲》

P

PLANE TREE
法國梧桐

獄吏的女兒

我已經把他放了出來，帶到一條小溪邊，

那兒有一棵香柏，比別的樹都高，舒展著

枝葉，倒像棵**法國梧桐**。

——《兩個高貴的親戚》（第二幕，第六景）

PLANTAIN
車前草

考斯塔德

啊，老爺，敷上一片**車前草**就湊合了！不要什麼注釋，不要！也不要膏藥。老爺，**車前草**就行。

——《愛的徒勞》（第三幕，第一景）

毛子

一顆「蘋果」把腿給摔壞了，以後你給他要一貼「注釋」。

考斯塔德

對，以後我要**車前草**。

——《愛的徒勞》（第三幕，第一景）

羅密歐

你的**車前草**葉子只能醫治——

班伏里奧

醫治什麼？

羅密歐

醫治你受傷的脛骨。

——《羅密歐與茱麗葉》（第一幕，第二景）

巴拉蒙

這些傷痛不算什麼，還不需要用到**車前草**。

——《兩個高貴的親戚》（第一幕，第二景）

184

P

PLUMS
歐李

福斯塔夫

你發的誓就像燉**歐李**乾一樣沒啥營養。

——《亨利四世，第一部》（第三幕，第三景）

哈姆雷特

這個專愛嘲笑人的壞蛋在書裡說：老年人鬍鬚灰白，臉上滿是皺紋，眼睛裡盡是黃黃、黏黏、好像**歐李**樹的樹膠一般的眼屎。

——《哈姆雷特》（第二幕，第二景）

小丑

四磅**歐李**乾，還有同樣多的葡萄乾。

——《冬天的故事》（第四幕，第三景）

教師

我在你們身上花那麼多工夫搞基本訓練，簡直跟給孩子餵奶似的。用個文雅的詞兒說，是把我知道的「精華神髓」[44] 一古腦兒全給了你們。

——《兩個高貴的親戚》（第三幕，第五景）

44 譯註：此處原文為 the Very plum broth and marrow，因 Plum 此字除了指「李子」之外，也有「佳妙之物」的意思。

伊凡斯牧師

我會在你的婚禮上跳舞並且吃**歐李**。

——《溫莎的風流婦人》（第五幕，第五景）

龐貝

她嚷著要吃煮熟的**歐李乾**。

——《一報還一報》（第二幕，第一景）

薩福克

你是怎麼癱的？

辛普考克斯

從樹上掉下來摔的。

辛普考克斯之妻

是一棵**歐李**樹，老爺。

——《亨利六世，第二部》（第二幕，第一景）

龐貝

就像我剛才所說的，她嚷著要吃**歐李乾**。

——《一報還一報》（第二幕，第一景）

龐貝

您還記得嗎？那時候您正在磕著**歐李乾**的核兒。

——《一報還一報》（第二幕，第一景）

成熟的**歐李**自落，青果依然在樹，
若是摘下的太早，其味必然酸苦。

——《維納斯與阿多尼斯》

鄉民乙

去他的吧！
我看他倒像鍋稀稀糊糊的**歐李粥**！
他能摔跤嗎？我看他燒雞蛋或許還行！

——《兩個高貴的親戚》（第二幕，第三景）

葛羅斯特

你真喜歡吃**歐李**，竟敢冒險爬樹。

辛普考克斯

唉，老爺，我老婆想吃**歐李**，就叫我爬
樹，差點沒要了我的老命。

——《亨利六世，第二部》（第二幕，第一景）

POMEGRANATE
石榴

拉佛

你在義大利的時候曾經因爲從**石榴**裡偷了一個核而挨了一頓揍。

——《終成眷屬》（第二幕，第三景）

法蘭西斯

馬上馬上，先生，拉爾夫，你去招呼「**石榴**居」那邊。

——《亨利四世，第二幕，第四景》

P

茱麗葉

那刺進你驚恐的耳膜中的，不是雲雀，而是夜鷹的聲音；它每天晚上都在那邊的**石榴**樹上唱歌。

——《羅密歐與茱麗葉》（第三幕，第五景）

POPPY
罌粟

伊阿古

罌粟、毒蔘、或世上一切使人昏睡的藥草，都不能使你得到昨天晚上你還安然享受的酣眠。

——《奧賽羅》（第三幕，第三景）

POTATO
蕃薯*

福斯塔夫

讓天上掉下催情的**蕃薯**吧！

讓雷聲應和著「綠袖子」的旋律！

讓接吻糖有如冰雹般從空中落下吧！

讓濱刺芹如雪花般飄降！

——《溫莎的風流婦人》（第五幕，第五景）

忒耳西忒斯

那個屁股肥肥、手指粗得像**蕃薯**般的荒淫魔鬼，怎麼會把這些個寶貨撮合在一起！

——《特洛伊羅斯與克瑞西達》

（第五幕，第二景）

*見後文 P277 植物名稱釋義。

PRIMROSE
報春花

P

王后

三色堇、黃花九輪草、**報春花**，都給我拿到我的房間去。

——《辛白林》（第一幕，第五景）

王后

我願意哭瞎眼睛，呻吟得病魔纏身，嘆息得心血耗盡，臉色蒼白的一如**報春花**，盡一切力量使這位高貴的公爵復活。

——《亨利六世，第二部》（第三幕，第二景）

阿維雷格斯

你不會缺少像你的臉龐一樣慘白的**報春花**……

——《辛白林》（第四幕，第二景）

赫米雅

你我二人經常躺在淡雅的**報春花**毯上談心的那座樹林。

——《仲夏夜之夢》（第一幕，第一景）

帕迪塔

像薄命的女郎一般，還不曾看見光明的太陽神在中天大放榮輝，便以未嫁之身奄然長逝的**報春花**。

——《冬天的故事》（第四幕，第四景）

奧菲莉亞

像一個魯莽、自滿的浪蕩子，光會勸誡別人

小心，自己卻任意到處留情[45]。

——《哈姆雷特》（第一幕，第三景）

看門人

我倒很想放進幾個各色各樣的人來，讓他

們經過酒池肉林，一直走到刀山火焰上[46]。

——《馬克白》（第二幕，第三景）

男孩（唱）

報春花，春神頭胎女，

快樂陽春作先驅……

——《兩個高貴的親戚》（第一幕，第一景）

看看我躺臥其上的這處開滿**報春花**的河岸。

——《維納斯與阿多尼斯》

---

45 譯註：此處的原文是 Tread the primrose path of dalliance。詳見後文植物名稱釋義。

46 譯註：此處原文是 Go the primrose way to the everlasting bonfire。詳見後文植物名稱釋義。

莎劇中的植物圖像
與相關引文

BOTANICAL
SHAKESPEARE
Plant Portraits, Alphabetically
AND QUOTES

QUINCE
榲桲

奶媽

他們需要椰棗和**榲桲**來做糕點。

——《羅密歐與茱麗葉》（第四幕，第四景）

莎劇中的植物圖像
與相關引文

BOTANICAL
SHAKESPEARE
Plant Portraits, Alphabetically
AND QUOTES

RADISH
小蘿蔔

福斯塔夫

我還記得他在克勒門特學堂時的樣子，活脫就像是個用晚飯後剩下的奶酪皮捏成的小人兒。他要是脫光了衣服，簡直就像根叉開腿的**小蘿蔔**，上面裝了個用刀子刻成的奇形怪狀的腦袋。

——《亨利四世，第二部》（第三幕，第二景）

福斯塔夫

跟我交手的人如果沒有超過五十個，那我就是一綑**小蘿蔔**。

——《亨利四世，第一部》（第二幕，第四景）

REED
蘆葦

僕乙

叫我舉起一枝我扛不起的槍桿子，還不如
拈一根沒啥用的**蘆葦**。

——《安東尼與克莉奧佩特拉》
（第二幕，第七景）

愛麗兒

他的眼淚一直從鬍鬚上滴下來，就像冬天
的雨從**蘆葦**屋簷上流下。

——《暴風雨》（第五幕，第一景）

愛麗兒

當時，他的頭髮不像是頭髮，反而倒像是
蘆葦一般直直的豎了起來。

——《暴風雨》（第一幕，第二景）

烈火騎士

連塞文河的滾滾急流也被他們渾身血汗的
模樣嚇壞了，急急忙忙越過顫抖的**蘆葦**
叢，驚惶逃竄。

——《亨利四世，第一部》（第一幕，第三景）

求婚人

我聽見一個聲音從長滿蘆葦和莎草的彼岸
傳來……可是我看不見那唱歌的人，因為
她被燈心草和**蘆葦**遮住了。

——《兩個高貴的親戚》（第四幕，第一景）

R

鮑西雅

我會用**蘆葦**般沙啞的聲音講話，像一個正
在發育的男孩。

——《威尼斯商人》（第三幕，第四景）

阿維雷格斯

不用再怕貴人瞋怒，

你已超脫暴君之掌，

無須再為衣食憂慮，

何為**蘆葦**何為橡樹，

於你而言已無分別……

——《辛白林》（第四幕，第二景）

鮮紅的血流向河神那**蘆葦**叢生的堤岸。

——《露克麗絲》

RHUBARB
大黃

馬克白

有什麼**大黃**、番瀉樹，或其他清瀉的藥劑，可以把這些英格蘭人排泄掉呢？

——《馬克白》（第五幕，第三景）

RICE
米

小丑

讓我看，

我要爲慶祝剪羊毛的歡宴買些什麼東西呢？

三磅糖，五磅醋和**米**——

咦，我這個妹子要用米來做什麼呢？

——《馬克白》（第五幕，第三景）

ROSE
玫瑰

伊凡斯牧師（唱）
眾鳥嚶鳴其相和兮，
臨清流之潺湲，
展**玫瑰**之芬芳兮，
綴百花以爲環
——《溫莎的風流婦人》（第三幕，第一景）

奧莉維亞
西薩里奧，我要憑著春日**玫瑰**、
貞操、忠誠與一切起誓：我愛你。
——《第十二夜》（第三幕，第一景）

狄安娜
等到你們把我們枝上的**玫瑰**採去以後，你
們就用我們僅剩的棘刺來刺傷我們，並嘲
笑我們枝殘葉老。
——《終成眷屬》（第四幕，第二景）

烈火騎士
鏟掉了理查這株芬芳可愛的**玫瑰**，種下了
波令勃洛克這叢荊棘、這株野**玫瑰**。
——《亨利四世，第一部》（第一幕，第三景）

玫瑰不免有刺，
清泉亦有汙泥，
蓓蕾縱使多麼嬌美，
亦不免爲壞疽所累。
——《十四行詩第三十五首》

嬌豔的**玫瑰**因芬芳而更顯其美，
野薔薇雖花枝招展卻沒有香味，
只是憑色相與馥郁的**玫瑰**爭輝。
當夏風撩開了它們隱蔽的花蕾，
它們綻放枝頭，自覺千嬌百媚，
但這般的美麗，不過虛有其表。
開時無人追求，謝時無人嘆惋，
徒然空自殞落，豈如玫瑰之芳，
縱使紅顏薄命，骨煉也成餘香。
——《十四行詩第五十四首》

R

提泰妮亞

因為天時不正，季候也反常：初綻的朱紅**玫瑰**懷中竟可見白頭的寒霜。

——《仲夏夜之夢》（第二幕，第一景）

弗魯特（飾演提斯柏）

臉孔紅如枝頭招展的紅**玫瑰**。

——《仲夏夜之夢》（第三幕，第一景）

老闆娘

你那臉色呀，我保證，比什麼紅**玫瑰**都還紅。

——《亨利四世，第二部》（第二幕，第四景）

提瑞爾

他們的嘴唇是同一根枝條上的四朵**玫瑰**，帶著盛夏的鮮妍互相親吻。

——《理查三世》（第四幕，第三景）

雪白超乎鴿子，鮮紅更勝**玫瑰**。

——《維納斯與阿多尼斯》

我不驚艷於百合花的潔白，也不讚嘆那**玫瑰**花的朱紅。

——《十四行詩第九十八首》

啊，憂慮如何使紅霞從她臉上升起！先是紅得像置於素絲上的**玫瑰**，隨即白得像沒了**玫瑰**的素絲。

——《露克麗絲》

既然他的**玫瑰**才是真的，為什麼可憐的美卻繞道追尋虛假的薔薇？

——《十四行詩第六十七首》

勃魯托斯

蒙著面罩的太太和奶奶們。也讓她們那精心裝扮、宛如紅白**玫瑰**，互相爭豔的香腮接受陽光的熱吻。

——《科利奧蘭納斯》（第二幕，第一景）

好讓美麗的**玫瑰**永不凋零。

——《十四行詩第一首》

奧托力格斯

一雙手套**玫瑰**香。

——《冬天的故事》（第四幕，第三景）

求婚人

我要帶一群美人，一百個像我這樣多情的
黑眼睛姑娘，頭戴水仙花做的花環，嘴唇
像櫻桃，面頰像**玫瑰**……

——《兩個高貴的親戚》（第四幕，第一景）

鮑益

像芬芳的**玫瑰**一般在薰風中綻放。

公主

怎麼綻放？怎麼綻放？說得明白一些。

鮑益

美貌的姑娘們蒙著臉罩，是一朵朵含苞待
放的**玫瑰**，卸下臉罩，露出她們嬌媚的容
顏，就像雲中出現的天使，或是盈盈展瓣
的鮮花。

菲比

他的嘴唇紅得很美，比他那張雪白的臉
上透出的紅色更成熟、更濃豔，一個是
紅**玫瑰**，一個是白裡透著粉紅的**大馬士
革玫瑰**。

——《皆大歡喜》（第三幕，第五景）

我曾經看過紅的白的**大馬士革玫瑰**，
卻從未在她的臉上見過那般的嬌媚。

——《十四行詩第一百三十首》

宇宙浩瀚，唯有你是我的**玫瑰**，
在這個世界中，你是我的一切。

——《十四行詩第一百〇九首》

他的氣息與美貌在他的生前
曾給三色菫馨香，給**玫瑰**光艷。

——《維納斯與阿多尼斯》

高渥

連活生生的**玫瑰**也遜色幾分。

——《泰爾親王佩瑞克里斯》（第五幕，合唱）

約克

那時我要高舉芬芳四溢的乳白**玫瑰**……

——《亨利六世，第二部》（第一幕，第一景）

R

勞倫斯神父

你那紅潤如**玫瑰**般的嘴唇和臉頰到時都會變得慘白。

——《羅密歐與茱麗葉》（第四幕，第一景）

羅密歐

他的貨架上稀疏地散放著幾段用來包紮的麻繩，還有幾團陳年的乾**玫瑰**，做為聊勝於無的點綴。

——《羅密歐與茱麗葉》（第五幕，第一景）

伊莎貝兒王后

小聲點！你看——唉，倒不如不看，我美麗的**玫瑰**凋謝了！

——《理查二世》（第五幕，第一景）

奧菲莉亞

國人所期待的對象，**玫瑰**般的天之驕子。

——《哈姆雷特》（第三幕，第一景）

玫瑰縱使多刺，依然被人採去。

——《維納斯與阿多尼斯》

貴族

找個人捧著銀盆，盛著浸滿花瓣的**玫瑰**水，給他洗手。

——《馴悍記》（序幕，第一景）

佩特魯喬

我就說她看上去像浴著朝露的**玫瑰**一般清麗。

——《馴悍記》（第二幕，第一景）

茱麗葉

名字有什麼意義呢？我們叫做**玫瑰**的這種花，即使換了個名字，還是一樣芬芳。

——《羅密歐與茱麗葉》（第二幕，第二景）

克莉奧佩特拉

人家只會向一朵含苞待放的**玫瑰**屈膝，等到花殘香老，他們就掩鼻而過了。

——《安東尼與克莉奧佩特拉》
（第三幕，第十三景）

鴇婦

不騙你，她真是活色生香、白裡透紅，活生生的一朵**玫瑰**！

——《泰爾親王佩瑞克里斯》
（第四幕，第六景）

哈姆雷特

你的行為使貞節蒙污，使美德成了偽善的代稱，讓原本純潔的愛情失去了**玫瑰**般嬌豔的色澤，被蓋上了如水泡般醜惡的烙印。

——《哈姆雷特》（第三幕，第四景）

奧賽羅

你這個青春少艾、唇如**玫瑰**的天使啊！

——《奧賽羅》（第四幕，第二景）

泰門

臉頰如**玫瑰**般的少年。

——《雅典的泰門》（第四幕，第三景）

奧賽羅

我摘下了**玫瑰**，它的生機就難以再回，
勢必將會枯萎。趁它還在枝頭的時候，
我要嗅一嗅這芳香的蓓蕾。

——《奧賽羅》（第五幕，第二景）

那些**玫瑰**在荊棘叢中簌簌顫抖，
一個羞慚的臉兒潮紅，
一個絕望的臉色發白。
另一個不紅不白，顯然兩種顏色都偷，
不只盜了你的顏色，
連你的氣息一併佔有。

——《十四行詩第九十九首》

她嬌艷的雙頰乍然變得蒼白，
宛如紅**玫瑰**被那素絹所覆蓋。

——《維納斯與阿多尼斯》

哈姆雷特

在我那雙開了縫的鞋子上綴上兩朵**普羅旺斯玫瑰**。

——《哈姆雷特》（第三幕，第二景）

公爵

女人正像是嬌豔的**玫瑰**，
花兒剛開轉眼便已枯萎。

——《第十二夜》（第二幕，第四景）

約翰

我寧願做一朵籬下的野花，也不願當一朵受他恩寵的**玫瑰**。

——《無事生非》（第一幕，第三景）

R

忒修斯

但結了婚的女子如同被採下煉製過的**玫瑰**，香氣留存不散，比起自開自謝、奄然腐朽的花兒，以塵俗的眼光來看，總是要幸福的多。

——《仲夏夜之夢》（第一幕，第一景）

百合與**玫瑰**之間的無聲戰爭。

——《露克麗絲》

提泰妮亞

有的去殺死**麝香玫瑰**嫩苞中的蛀蟲。

——《仲夏夜之夢》（第二幕，第三景）

奧布朗

馥郁的忍冬，甜美的**麝香玫瑰**
還有那處處蔓生的野薔薇，
漫天張起了一幅芬芳的錦帷。

——《仲夏夜之夢》（第二幕，第一景）

提泰妮亞

我要把**麝香玫瑰**插在你柔軟光滑的頭顱上。

——《仲夏夜之夢》（第四幕，第一景）

裘麗亞

她頰上的**玫瑰**已因經不起風吹而枯萎。

——《維洛那二紳士》（第四幕，第四景）

康斯坦絲

若論天生的稟賦，你可以誇耀自己如盛開的百合、半綻的**玫瑰**。

——《約翰王》（第二幕，第一景）

恥辱有如芳香**玫瑰**中的壞疽，讓你含苞的美麗蒙上了汙漬。

——《十四行詩第九十五首》

俾隆

我不願明媚的五月天降下霜雪，
也不願**玫瑰**在聖誕節含嬌弄媚。
萬物有時，各有其生長的季節。

——《愛的徒勞》（第一幕，第一景）

私生子

我的臉瘦得讓我不敢在耳朵上插著**玫瑰**。

——《約翰王》（第一幕，第一景）

試金石

若問誰是世上最嬌豔的**玫瑰**，那必定是渾身棘刺的羅瑟琳。

——《皆大歡喜》（第三幕，第二景）

拉山德

怎麼啦？我的愛人！爲什麼你的臉色這樣
慘白？爲何你臉上的**玫瑰**凋謝的這麼快？

——《仲夏夜之夢》（第一幕，第一景）

國王

黎明親吻著**玫瑰**上清露的朝暉

也不如你那雙靈光輝耀的明眸。

——《愛的徒勞》（第四幕，第三景）

安東尼

對他說，他現在還有著**玫瑰**般的青春……

——《安東尼與克莉奧佩特拉》

（第三幕，第十三景）

R

雷歐提斯

啊，五月的**玫瑰**！親愛的女孩……我的好

妹妹，可愛的奧菲莉亞！

——《哈姆雷特》（第四幕，第五景）

男孩（唱）

玫瑰，摘去尖尖刺，

不但香濃郁，

而且顏色好……

——《兩個高貴的親戚》

（第一幕，第一景）

嬌豔的**玫瑰**和水晶的閘門相映照，

映紅了泉水，在泉水中灼灼燃燒……

——《情女怨》

亨利六世

讓我做這場無謂爭端的仲裁者吧。如果
我戴上這朵**玫瑰**（說著他便戴上一朵紅玫
瑰），我想應該沒有人會懷疑……

——《亨利六世，第一部》（第四幕，第一景）

理查

在我身上佩戴的**白玫瑰**被亨利的心臟所流
出的熱血染紅之前，我是無法安心的。

——《亨利六世，第三部》（第一幕，第五景）

我知道盛開的**玫瑰**有尖刺保護。

——《露克麗絲》

亨利六世

他的臉上有著**紅玫瑰**和**白玫瑰**的顏色。

那是代表我們這兩個敵對家族的致命的顏色：

他臉上的血漬就像**紅玫瑰**，

他蒼白的臉頰宛如**白玫瑰**。

讓其中一種**玫瑰**凋謝，

好讓另外一種繁茂起來吧！

這場戰爭再打下去，

成千上萬的生命將會被犧牲。

——《亨利六世，第三部》（第二幕，第五景）

克萊倫斯

華列克岳父，你知道這意味著什麼嗎？

（說著他便從帽子上摘下**紅玫瑰**，將它擲向華列克）我把我的恥辱丟給你。

——《亨利六世，第三部》（第五幕，第一景）

伊米莉亞

我認為**玫瑰**是一切花朵中最美麗的。

侍女

為什麼？賢淑的小姐。

伊米莉亞

因為它是姑娘的象徵。

——《兩個高貴的親戚》（第二幕，第二景）

它使百合花氣惱得白了香腮，

它使**紅玫瑰**羞慚的一臉紅潮。

——《露克麗絲》

理查‧普藍塔琪耐特

如果你們認為我說的是真理，請隨我從花叢中摘一朵**白玫瑰**。

薩默塞特

誰要是不怕危險，不阿諛奉承，敢於維護真理，就隨我摘一朵**紅玫瑰**。

華列克

我隨理查摘一朵白**玫瑰**。

薩福克

我和年輕的薩默塞特一樣 摘一朵**紅玫瑰**。

凡農

哪一方摘得**玫瑰**少，就要服從另外一方……

凡農

我摘下這朵淡白嬌嫩的**玫瑰**，以此表示我站在**白玫瑰**這一邊……

薩默塞特

你摘花時小心別刺破手指，以免流出的血把**白玫瑰**染紅。

律師

為了表示我的看法，我也摘一朵**白玫瑰**。

理查‧普藍塔琪耐特

現在，薩默塞特，你還有什麼話說？

薩默塞特

我的話語就在我的刀鞘裡，盤算著怎樣將**白玫瑰**染成血紅。

理查‧普藍塔琪耐特

這時候，你的臉頰卻在假冒我們的**玫瑰**。

它們因為看到真理位於我們這邊，都嚇得變白了。

薩默塞特

不是因為害怕，而是由於憤怒。你的臉頰也因為羞愧難當而發紅，假冒我們的**玫瑰**。

理查理查．普藍塔琪耐特

你的**玫瑰**不是生瘡了嗎？薩默塞特！

薩默塞特

你的**玫瑰**不是有刺嗎？普藍塔琪耐特！

薩默塞特

我會找到一些朋友戴我那血紅的**玫瑰**。

理查．普藍塔琪耐特

我以我的靈魂發誓，我和我的這一派將永遠佩戴這朵憤怒的**白玫瑰**，做為我血海深仇的標誌。

華列克

我將戴上你們這一派的**白玫瑰**，並且在這裡預言：今天在這座花園裡所發生的**紅、白玫瑰**的派系之爭將使千千萬萬人喪生。

——《亨利六世，第一部》（第二幕，第四景）

里士滿

現在我們必須按照發過的誓言把**紅白玫瑰**兩個家族聯合起來。他們彼此仇視已久，如今得以攜手合作，上天應該會對這樣圓滿的結果報以微笑吧！我這話即使叛徒聽了，誰又能不說聲「阿門」呢？

——《理查三世》（第五幕，第五景）

ROSEMARY
迷迭香

奧菲莉亞

這是代表記憶的**迷迭香**；愛人，請你要記住！

　　　　《哈姆雷特》（第四幕，第五景）

帕迪塔

這兩束**迷迭香**和芸香是送給你們的；它們的顏色和香氣在冬天不會消散。願上天賜福給你們兩位，願你們永不會被人忘記！

　　——《冬天的故事》（第四幕，第四景）

鴇婦

得了吧！過來！你這個三貞九烈的女娃兒！[47]

——《佩里克利斯》（第四幕，第六景）

埃德加

那些瘋乞丐會高聲喊叫，用利針、木錐、釘子或**迷迭香**的枝條，刺戳他們那長了壞疽、已經痲痺的手臂。

——《李爾王》（第二幕，第三景）

奶媽

請問婚禮用的**羅絲瑪麗花**[48]和羅密歐是不是同一個字開頭呀？

羅密歐

是呀，奶媽。兩個都是「羅」字開頭的。

奶媽

唷，別逗啦！那是狗的名字啊。羅就是那個——不對。我知道一定是另外一個字起頭的。她還把你和羅絲瑪麗花連在一塊兒，還有什麼詩，我念都念不來，反正你聽了一定歡喜。

——《羅密歐與茱麗葉》（第二幕，第四景）

勞倫斯神父

擦乾你們的眼淚，把你們的**迷迭香**放在這具美麗的屍體上吧！

——《羅密歐與茱麗葉》（第四幕，第五景）

R

---

47 譯註：此處原文為My dish of chastity with rosemary and bays.（你這盤又是迷迭香、又是月桂樹所拌成的貞潔菜！）

48 譯註：Rosemary，即迷迭香。

RUE
芸香（恩典之草）

帕迪塔

這兩束迷迭香和**芸香**是送給你們的；它們的顏色和香氣在冬天不會消散。願上天賜福給你們兩位，願你們永不會被人忘記！

——《冬天的故事》（第四幕，第四景）

奧菲莉亞

這是給您的芸香。這兒還留著一些給我自己；我們可以叫它「主日的**恩典之草**」。啊！您可以把您的**芸香**插戴的別緻一些。

——《哈姆雷特》（第四幕，第五景）

小丑

的確是，先生，她就像沙拉裡最美味的甜馬鬱蘭，或者應該說是**芸香**。

拉佛

你這奴才，那兩種香草不是用來做沙拉的，而是用來聞香的。

——《終成眷屬》（第四幕，第五景）

園丁

她曾經在這裡眼淚兒汪汪，
我將在此地種下一片**芸香**。
那是代表同情的恩典之草
它不久將在這園子裡出現，
爲那哭泣的王后留下紀念。

安東尼

願這些熱淚濺落的地方長出**恩典之草**。

——《安東尼與克莉奧佩特拉》
（第四幕，第二景）

RUSH
燈心草

羅密歐

讓那些無憂無慮、喜歡玩耍的人去跳舞吧！[49]

——《羅密歐與茱麗葉》（第一幕，第四景）

羅瑟琳

他曾經教我怎樣看出一個人是不是正在戀愛。我可以斷定你不是那個**燈心草**籠中的囚人。

——《皆大歡喜》（第三幕，第二景）

菲比

按壓一根**燈心草**，你的手掌上也會留下清晰可辨的印痕並且持續一陣子。

——《皆大歡喜》（第三幕，第五景）

提泰妮亞

自從仲夏之初，我們每次在山上、谷中、樹林裡、草地上、細石鋪底的泉水或長滿**燈心草**的小溪旁，或海濱的沙灘上聚集的時候……

——《仲夏夜之夢》（第二幕，第一景）

小丑

就像提比的**燈心草**戒指和湯姆的食指一樣匹配。

——《終成眷屬》（第二幕，第二景）

大德洛米奧

有的魔鬼只會向人要一些指甲、頭髮，或者一滴血、一根**燈心草**、一枚針、一顆堅果以及櫻桃核……

——《錯誤的喜劇》（第四幕，第三景）

私生子

一根**燈心草**也能做你的絞架的橫樑。

——《約翰王》（第四幕，第三景）

馬夫甲

更多的**燈心草**，更多的**燈心草**。

——《亨利四世，第二部》（第五幕，第五景）

愛洛斯

他正在園子裡散步，一邊走，一邊恨恨地踢著腳下的**燈心草**。

——《安東尼與克莉奧佩特拉》
（第三幕，第五景）

49譯註：原文為 Let wantons light of heart tickle the senseless rushes with their heels。中世紀時，人家的地板上多鋪著以燈心草製成的蓆子，因此 Tickling the rushes with their heels（用腳跟碰著燈心草蓆子）就是「跳舞」的意思。

奧賽羅

這時候就算有人拿著一根**燈心草**頂著奧賽羅的胸膛，他也會退縮的。

——《奧賽羅》（第五幕，第二景）

格魯米奧

晚飯燒好了沒？屋子有沒有整理好？地上鋪了**燈心草**嗎？蜘蛛網掃乾淨了嗎？

——《馴悍記》（第四幕，第一景）

凱瑟琳娜

您高興說它是月亮，它就是月亮，您高興說它是太陽，它就是太陽；您如果說它是**燈心草**蠟燭，我也就當它是蠟燭。

——《馴悍記》（第四幕，第五景）

葛蘭道爾

她要你在這柔軟的**燈心草**上躺下，把你高貴的頭放在她的膝上。

——《亨利四世，第一部》（第三幕，第一景）

馬歇斯

誰要是依靠你們的恩寵，等於是用鉛造的鰭游泳，用**燈心草**去砍伐橡樹。

——《科利奧蘭納斯》（第一幕，第一景）

埃契摩

我們的塔昆正是像這樣躡手躡腳地走在那鋪著**燈心草**的地上。

——《辛白林》（第二幕，第二景）

元老甲

我們的城門看上去雖然關得緊緊的，但它們不過是用**燈心草**拴住的，待會兒就會自己打開了。

——《科利奧蘭納斯》（第　一　幕　第四景）

燃起了火，他借著火光四面一瞅，
見到了露克麗絲的手套，上面還插著她的針線。
他順手想把它從**燈心草**蓆子上拿走。

——《露克麗絲》

求婚人

她拿身邊的**燈心草**作成指環，又對著它說了些甜蜜的銘文。

——《兩個高貴的親戚》（第四幕，第一景）

求婚人

她凌亂的頭髮上戴了一頂**燈心草**編成的花冠。

——《兩個高貴的親戚》（第四幕，第一景）

R

RYE
黑麥

彩虹女神艾莉絲

塞瑞斯，最豐饒的女神，請你離開你那小麥、**黑麥**、大麥、野豆、燕麥和豌豆繁茂滋長的良田。

——《暴風雨》（第四幕，第一景）

彩虹女神艾莉絲

你們這些在八月的日光下蒸晒著的辛苦的刈禾人，請離開你們的田畝，戴上你們那黑麥稈做成的帽子，到這裡來尋歡作樂吧！

——《暴風雨》（第四幕，第一景）

童甲／童乙（唱）

黑麥青青畝畝相連，
鄉村男女席地而眠。

——《皆大歡喜》（第五幕，第三景）

莎劇中的植物圖像
與相關引文

BOTANICAL
SHAKESPEARE
Plant Portraits, Alphabetically
AND QUOTES

SAFFRON
番紅花

塞瑞斯

用你那**番紅花**的翅膀在我的花朵上灑下甘
露和清新的陣雨。

——《暴風雨》（第四幕，第一景）

小安提福勒斯

這個面孔黃得像**番紅花**的傢伙今天是不是
在我家飲酒作樂？

——《錯誤的喜劇》（第四幕，第四景）

小丑

我得買些**番紅花**粉來為梨子餡餅增添顏
色。

——《冬天的故事》（第四幕，第三景）

拉佛

不，不，不，令郎是因為受了那個無賴的
引誘，才會這樣胡作非為。那壞傢伙就像
番紅花一樣，能夠讓所有純潔如白紙的青
年都被他染上顏色。

——《終成眷屬》（第四幕，第五景）

SAMPHIRE
海蓬子

埃德加

山腰中間懸著一個採摘**海蓬子**的人，真是
可怕的工作！我看他的全身簡直抵不上他
的頭大。

——《李爾王》（第四幕，第六景）

S

SAVORY
香薄荷

帕迪塔

這是給你們的花兒，濃烈的薰衣草、薄

荷、**香薄荷**和馬鬱蘭。

——《冬天的故事》(第四幕，第四景)

SEDGE
莎草

僕乙

維納斯隱身在**莎草**裡。那**莎草**似乎因為受了她的氣息吹動，正在那裡搖曳生姿。

——《馴悍記》（序幕，第二景）

彩虹女神艾莉絲

住在蜿蜒的河流中、戴著**莎草**之冠、眼神柔和的仙女們啊！

——《暴風雨》（第四幕，第一景）

裘麗亞

那汩汩的流水會在光潤的石子上彈奏出美妙的音樂，並輕吻它在途中所經過的每一根**莎草**。

——《維洛那二紳士》（第二幕，第七景）

班尼狄克

可憐的傢伙！他像隻受傷的鳥兒！現在要爬到**莎草**叢裡了。

——《無事生非》（第二幕，第一景）

烈火騎士

塞文河那長滿**莎草**、坡度平緩的河岸。

——《亨利四世，第一部》（第一幕，第三景）

SPEAR-GRASS
鵝觀草

巴豆夫

他還叫我們拿**鵝觀草**戳鼻子，戳得流血，
再把鼻血塗在衣服上，並發誓說那是別人
流的血。

——《亨利四世，第一部》（第二幕，第四景）

STRAWBERRY
草莓

葛羅斯特

我的伊里大人，我上次在你的霍爾波恩花園裡曾經見過很好的**草莓**。請你派人給我們弄一點來吧。

伊里

好的，大人，我衷心樂意為您效勞……

葛羅斯特

公爵大人到哪裡去了？我已經叫人送來了**草莓**……

伊阿古

您有沒有看過尊夫人手裡拿著一方繡著**草莓**圖案的手帕？

——《奧賽羅》（第三幕，第三景）

伊里主教

草莓在蕁麻叢底下才長得好，健康的漿果在靠近劣質的果樹之處才能繁盛熟透。

——《亨利五世》（第一幕，第一景）

SUGAR
糖

亨利親王

不過，甜蜜的奈德，爲了讓奈德這個名字更加甜蜜，我把這一便士的**糖**送給你。這是一個堂倌的下手剛才塞到我手裡的……爲了消磨福斯塔夫抵達之前的這點時光，我請你到旁邊的一間屋子裡去……讓我來問問那小酒保爲什麼給我**糖**……不，法蘭西斯，你聽我說，你給我的那包**糖**要值一便士，是嗎？

——《亨利四世，第一部》（第二幕，第四景）

俾隆

玉手纖纖的姑娘，讓我跟你說一句蜜**糖**般的話兒。

公主

蜂蜜、牛奶、蔗**糖**，我已經說了三句啦。

——《愛的徒勞》（第五幕，第二景）

魁格萊夫人

還有頂好的酒、頂好的**糖**，無論哪個女人都會被他們迷住的。

——《溫莎的風流婦人》（第二幕，第二景）

巴薩尼奧

她的雙唇因她那甜蜜如**糖**的氣息而微微開啓。無論怎樣親密的朋友，受到了這樣的麻醉，都會變成路人的。

——《威尼斯商人》（第三幕，第二景）

諾森伯蘭

你的談笑風生爲這趟艱苦的行軍平添了許多樂趣，有如加上了蜜**糖**。

——《理查二世》（第二幕，第三景）

小丑

讓我看，我要爲慶祝剪羊毛的歡宴買些什麼東西呢？

三磅**糖**，五磅醋栗。

——《冬天的故事》（第四幕，第二景）

亨利五世

你的嘴唇上有魔力，凱蒂。你的嘴唇甜如**糖**蜜的接觸，比起法國一切樞密大員的滔滔雄辯更有說服力。

——《亨利五世》（第五幕，第二景）

試金石

誠實若再加上美貌，就像**糖**裡再加上蜜。

——《皆大歡喜》（第三幕，第二景）

瑪格麗特王后

可憐的冒牌王后，這個頭銜不過是我寶座
上的花稍裝飾。那個大肚子蜘蛛用他死亡
的毒絲纏住了你，你幹嘛還往它身上撒**糖**
粒？

——《理查三世》（第一幕，第三景）

波洛涅斯

人們往往用至誠的外表和虔敬的行動做為
糖衣，掩飾他們魔鬼般的內心。這樣的例
子實在太多了。

——《哈姆雷特》（第三幕，第一景）

勃拉班修

這些勸解雖如**糖**蜜般能給人安慰，
卻也如同膽汁一般令人心中苦澀。

——《奧賽羅》（第一幕，第三景）

波因斯

「約翰葡萄酒加**糖**」爵士有何見教？

——《亨利四世，第一部》（第一幕，第二景）

你甜蜜如**糖**的舌頭能化作苦艾的滋味。

——《露克麗絲》

S

SYCAMORE
岩楓

班伏里奧

在城西一叢**岩楓**下面，我看見您的公子一早就在那兒走來走去了。

——《羅密歐與茱麗葉》（第一幕，第一景）

鮑益

我正想在一株**岩楓**的涼蔭下，閉上眼睛睡它半點鐘的時候……

——《愛的徒勞》（第五幕，第二景）

苔絲狄蒙娜（唱）

這可憐人坐在一株**岩楓**下嘆息。

——《奧賽羅》（第四幕，第三景）

莎劇中的植物圖像
與相關引文

BOTANICAL
SHAKESPEARE
Plant Portraits, Alphabetically
AND QUOTES

THISTLE
薊草

勃艮第

結果只長出了可惡的酸模草、粗硬的野**薊草**、空莖的Kecksies*和牛蒡,此外什麼也沒有。

——《亨利五世》(第五幕,第二景)

波頓

蛛網先生,我的好先生,把您的刀拿好,替咱把那**薊草**葉尖上的紅屁股野蜂兒殺了。然後,我的好先生,再替咱把蜜囊兒拿來。

——《仲夏夜之夢》(第四幕,第一景)

*譯註:見 P.48 説明。

THORNS
棘刺／荊棘

愛麗兒

一簇簇長著尖齒的密刺薔薇，銳利的荊豆和刺人的**荊棘**叢，把他們可憐的脛骨刺穿了。

——《暴風雨》（第四幕，第一景）

海倫娜

野薔薇快要綠葉滿枝，遮掩了它周身的**棘刺**；你也應當在溫柔之中，保留著幾分鋒芒。

——《終成眷屬》（第四幕，第四景）

昆斯

得叫一個人一手拿**荊棘**枝，一手拿著燈籠，登場說他代表的是月亮。

——《仲夏夜之夢》（第三幕，第一景）

帕克

密刺薔薇和**荊棘**刺破了他們的衣裳。

——《仲夏夜之夢》（第三幕，第二景）

昆斯／開場詩

這個人提著燈籠，牽著狗，拿著**荊棘**枝，代表的是月亮。

——《仲夏夜之夢》（第五幕，第一景）

月亮

總而言之，咱要告訴你們的是：這個燈籠便是月亮，咱便是月亮裡的仙人；這**荊棘**枝是咱的**荊棘**枝，這狗是咱的狗。

——《仲夏夜之夢》（第五幕，第一景）

杜曼

只可惜我已在神前許下誓願，
絕不將你從帶**刺**的枝頭探下。

——《愛的徒勞》（第四幕，第三景）

卡萊爾主教

這災難還會持續，我們尚未出生的後裔將感到這一天像**荊棘**般扎在他們的肉裡。

——《理查二世》（第四幕，第一景）

亨利六世

你們關懷我，要把我腳下的**荊棘**全都剷除，這是值得嘉許的。

——《亨利六世，第二部》（第三幕，第一景）

葛羅斯特

我像在**荊棘**叢中迷路的人，一方面披荊斬棘，另一方面也為**荊棘**所刺傷，尋找道路卻又迷失了道路。

——《亨利六世，第三部》（第三幕，第二景）

T

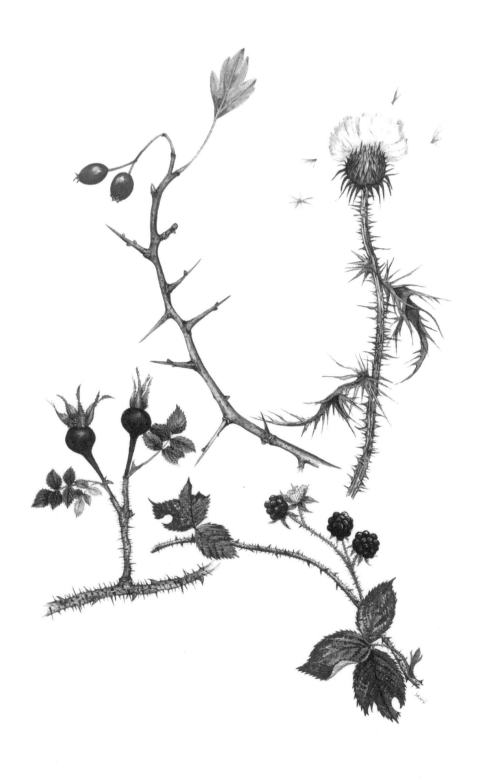

愛德華四世

勇敢的將士們，前面是**荊棘**遍佈的樹林。

——《亨利六世，第三部》（第五幕，第四景）

愛德華四世

怎麼，這樣幼小的**荊棘**就要開始扎人嗎？

——《亨利六世，第三部》（第五幕，第五景）

羅密歐

愛是溫柔的嗎？它太粗暴、太專橫、太野蠻了。它像**荊棘**一樣刺人。

——《羅密歐與茱麗葉》（第一幕，第四景）

龜奴

一塊長滿**荊棘**的荒地。

——《泰爾親王佩瑞克里斯》
（第四幕，第六景）

列昂特斯

讓刺棒、**荊棘**、蕁麻和黃蜂的尾巴來搞亂我的睡眠？

——《冬天的故事》（第一幕，第二景）

弗羅利澤

喔！我們腳下的**荊棘**啊！

——《冬天的故事》（第四幕，第四景）

奧菲莉亞

不要像有些壞牧師一樣，指點我一條能夠通往天堂但卻充滿**荊棘**的險峻道路。

——《哈姆雷特》（第一幕，第三景）

鬼魂

不可對你的母親圖謀不利。她自會受上天的裁判和她自己內心的**荊棘**的刺戳。

——《哈姆雷特》（第一幕，第五景）

私生子

我覺得自己已經目瞪口呆，在這個遍地**荊棘**的危險世界裡迷失了方向。

——《約翰王》（第四幕，第三景）

羅西昂伯爵夫人

這一枚愛情的**棘刺**，正是青春的薔薇上少不了的。

——《終成眷屬》（第一幕，第三景）

狄安娜

等到你們把我們枝上的薔薇採去以後，你們就用我們僅剩的**棘刺**來刺痛我們，並嘲笑我們枝殘葉老。

——《終成眷屬》（第四幕，第二景）

當你用胸膛頂住**荊棘**歌唱通宵，
堅持你刺心的悲歌，不肯睡去，
不幸的我也要學你用一把尖刀
頂住我的心窩。

——《露克麗絲》

THYME
百里香

奧布朗

我知道一處**百里香**盛開的河岸。

——《仲夏夜之夢》（第二幕，第一景）

伊阿古

不論我們要插蕁麻、種萵苣、栽下牛膝草

或拔除**百里香**……

——《奧賽羅》（第一幕，第三景）

男孩（唱）

石竹初開，幽香細細

雛菊無香，最是雅緻。

百里香花，芬芳無比。

——《兩位高貴的親戚》（第一幕，第一景）

TURNIP
蕪菁

安‧培琪

唉，要叫我嫁給那個醫生，我寧可吃**蕪菁**

吃到死。

——《溫莎的風流婦人》（第三幕，第四景）

T

莎劇中的植物圖像
與相關引文

BOTANICAL
SHAKESPEARE
Plant Portraits, Alphabetically
AND QUOTES

VINE
葡萄藤

歌

來吧，巴克斯，酒國的仙王，
你兩眼紅紅，胖胖皮囊！
幫我們澆盡滿腹牢騷，
替我們滿頭掛上**葡萄**。
——《安東尼與克莉奧佩特拉》
（第二幕，第七景）

泰門

吸乾你的骨髓，讓**葡萄藤**和耕地荒廢。
——《雅典的泰門》（第四幕，第三景）

勃艮第

她的**葡萄**，那能使人心歡樂鼓舞的東西，
由於無人修剪而死去……總之，我們的**葡萄園**、休耕地、牧場和樹籬都已經不復它
們原來的面貌，成了一片荒野。
——《亨利五世》（第五幕，第二景）

摩提默

我瘦弱的胳膊就像乾枯的**葡萄藤**，有氣無
力的枝條垂到地面。
——《亨利六世，第一部》（第二幕，第五景）

克蘭默

在她當政的日子裡，人人都會在他自己的
葡萄藤底下，平安地吃著自己種出的糧
食，向著左鄰右舍唱起和平快樂之歌。
——《亨利八世》（第五幕，第五景）

克蘭默

和平、豐饒、仁愛、忠誠、威望，所有爲
這個天之驕子服務的臣僕，到那時也將像
葡萄藤般朝著他生長，成爲他的臣僕。
——《亨利八世》（第五幕，第五景）

李爾王

雖然是最後一個，卻並非最不重要的。法
蘭西的**葡萄**和勃艮第的牛奶，正努力想獲
得你的青睞呢。
——《李爾王》（第一幕，第一景）

阿維雷格斯

讓那惡臭一如接骨木的悲哀隨著**藤蔓**日益
繁盛，而鬆開它那逐漸枯萎的根吧！
——《辛白林》（第四幕，第二景）

阿德里安娜

夫君，你是強壯的**榆樹**，我是纖細的**藤蔓**
藤蔓纏繞在**榆樹**上，從此便有了力量。
——《錯誤的喜劇》（第二幕，第二景）

V

塞瑞斯

田多落穗，積穀盈倉，

葡萄成簇，摘果滿筐。

——《暴風雨》（第四幕，第一景）

里士滿

那篡權奪位的野豬擄掠了你們夏季的田野

和豐收的**葡萄**園。

阿賽特

藤蔓將會生長，但我們卻看不到了。

——《兩個高貴的親戚》（第二幕，第二景）

誰會為了摘下一棵甜美的葡萄而摧毀整株

葡萄藤呢？

——《露克麗絲》

VIOLET
三色菫

奧布朗
長滿了櫻草和綠盈盈的三色菫。
——《仲夏夜之夢》（第二幕，第一景）

王后
三色菫、黃花九輪草、報春花，都給我拿
到我的房間去。
——《辛白林》（第一幕，第五景）

薩爾茲伯里
給純金鍍金，給百合塗粉，給三色菫添香
……是一種浪費，是可笑的多餘……
——《約翰王》（第四幕，第二景）

安哲魯
我躺在陽光下的三色菫旁，
行爲卻不像那貞潔的花朵，
反倒像是一塊腐爛的臭肉。
——《一報還一報》（第二幕，第二景）

亨利五世
我想國王也不過是一個人，就像我一樣。
三色菫，他聞起來跟我聞起來，香味都
一樣。
——《亨利五世》（第四幕，第一景）

雷歐提斯
一朵春初的三色菫早熟而易凋，馥郁而
不能持久，一分鐘的芬芳和喜悅，如此
而已。
——《哈姆雷特》（第一幕，第三景）

奧菲莉亞
我想要給您幾朵三色菫，可是我父親一
死，它們全都謝了。
——《哈姆雷特》（第四幕，第五景）

雷歐提斯
把她放在泥土裡；願她那美好純潔的肉體
上長出芬芳馥郁的三色菫來！
——《哈姆雷特》（第五幕，第一景）

V

培拉律斯

他們像微風一般溫柔,在三色堇花下輕輕
拂過。

——《辛白林》(第四幕,第二景)

奧西諾公爵

啊!它經過我的耳畔,就像一縷微風拂過
一叢三色堇。

——《第十二夜》(第一幕,第一景)

春之歌

當各色的雛菊開遍牧場,
藍的三色堇,白的美人衫。

——《愛的徒勞》第五幕,第二景)

帕迪塔

三色堇顏色暗淡,但卻比朱娜女神的眼瞼
或美神西塞莉雅的氣息更加甜美。

——《冬天的故事》(第四幕,第四景)

約克公爵夫人

歡迎,孩子!新春初到,誰是那點綴綠野
的三色堇呢?

——《理查二世》(第五幕,第二景)

瑪琳娜

在夏天尚未消逝之前,我要用黃的花、藍
的花、紫色的三色堇、金色的金盞花鋪在
你的墳上,像一面錦毯一般。

——《泰爾親王佩瑞克里斯》
(第四幕,第一景)

我們身下這三色堇有藍色的細紋,
它不懂兒女私情,不會亂嚼舌根。

——《維納斯與阿多尼斯》

他在世之時,他的氣息與美貌
曾予三色堇馨香,爲玫瑰添嬌。

——《維納斯與阿多尼斯》

當我看到三色堇花香消玉殞,
黝黑的卷髮漸漸地披上銀霜;
我不禁開始爲你的美貌擔憂,
因它遲早也將在歲月中荒涼。

——《十四行詩第十二首》

我斥責那提早綻放的三色堇:
啊,你這美麗的小賊!
你若非偷了我愛人的氣息,
怎會有那樣的芬芳的香氣?
你的柔頰上那傲人的紫色光暈,
豈非厚顏地以我愛人的血脈染成?

——《十四行詩第九十九首》

莎劇中的植物圖像
與相關引文

BOTANICAL
SHAKESPEARE
Plant Portraits, Alphabetically
AND QUOTES

WALNUT
胡桃

佩特魯喬

啊，那樣子倒很像一枚鳥蛤或**胡桃**殼，
像個小玩意兒、玩具或嬰兒的帽子。
——《馴悍記》（第四幕，第三景）

福德老爺

就讓他們說我愛吃醋吧，為了搜尋我太太
的情人，我連空的**胡桃**殼也不放過。
——《溫莎的風流婦人》（第四幕，第二景）

WHEAT ／ VETCHES
小麥

彩虹女神艾莉絲

塞瑞斯，最豐饒的女神，請你離開你那**小麥**、黑麥、大麥、野豆、燕麥和豌豆繁茂滋長的良田。

——《暴風雨》（第四幕，第一景）

巴薩尼奧

他的道理就像藏在兩桶麥糠裡的兩粒**小麥**；你必須費一整天工夫才能夠把它們找出來，可是找到了以後，你會覺得費這許多氣力找它們，實在一點兒都划不來。

——《威尼斯商人》（第一幕，第一景）

哈姆雷特

和平的女神應該繼續戴著她那用**小麥**花編成的花環。

——《哈姆雷特》（第五幕，第二景）

台維

還有，先生，那塊沒種的地是不是要播下**小麥**？

狹陋

播下紅麥，台維。

——《亨利四世，第二部》
（第五幕，第一景）

龐貝

送一些**小麥**到羅馬去。

——《安東尼與克莉奧佩特拉》

（第二幕，第六景）

埃德加

這就是那個叫做「弗力勃鐵捷貝特」的惡魔……他會使白**小麥**發霉，讓那些可憐人蒙受損失。

——《李爾王》（第三幕，第四景）

海倫娜

你那甜美的聲音比起**小麥**青青、山楂吐蕊的時節牧人耳中的雲雀之歌更加動聽。

——《仲夏夜之夢》（第一幕，第一景）

潘達洛斯

一個人要吃麵餅，總得先等**小麥**磨成了粉。

——《特洛伊羅斯與克瑞西達》

（第一幕，第一景）

忒修斯

那時你的**麥穗**花環沒有因摧殘而萎謝。

——《兩個高貴的親戚》（第一幕，第一景）

西西涅斯

那時，你這一番話就等於在乾燥的麥田殘株上點起一把烈火，使他的名聲從此化為灰燼。

——《科利奧蘭納斯》（第二幕，第一景）

烈火騎士

這時卻來了一位大人，衣冠楚楚，一塵不染，光鮮得像個新郎。剛刮完鬍子的下巴像是剛收割完的**小麥**田。

《亨利四世 第一部》（第一幕 第三景）

WILLOW
柳樹

班尼狄克

我說我願意陪他到一株**楊柳**底下，或者為
他編一個花環，表示被拋棄的哀傷；或者
給他紮一條藤鞭，因為他原本就該挨打。

——《無事生非》（第二幕，第一景）

納森聶爾

昔日的橡樹已化作依人弱**柳**，
請細讀它一葉葉的柔情蜜愛。

——《愛的徒勞》（第四幕，第二景）

羅倫佐

正是在這樣一個夜裡，狄多手拿著**柳**枝，
站在那荒涼的海岸上。

——《威尼斯商人》（第五幕，第一景）

勞倫斯神父

我必須在這個**柳**條籃子裡裝滿有毒的野草
以及能夠治病的花兒。

——《羅密歐與茱麗葉》（第二幕，第三景）

西莉亞

從潺潺的泉水邊那一排**柳樹**所在的地方向
右走，就可以到達那裡。

——《皆大歡喜》（第四幕，第三景）

苔絲狄蒙娜（唱）

可憐的她坐在懸鈴木下嘆息，
唱著那青青楊柳；
她手撫著胸膛，把頭兒埋在膝上，
唱著楊柳、楊柳、**楊柳**。
清澈的小溪從她身邊流過，
那潺潺水聲便是她的悲歡；
唱著**楊柳、楊柳、楊柳**；
她的熱淚融化了頑石心腸。
唱著**楊柳、楊柳、楊柳**，
她要用青青的**柳**枝編成一個花環。

——《奧賽羅》（第四幕，第三景）

王后

在小溪旁，斜生著一株**楊柳**，它灰白的枝葉倒映在明鏡般的水流中。她編了幾個奇異的花環來到這裡，用的是毛茛、蕁麻、雛菊和斑葉疆南星——那斑葉疆南星正派姑娘管它叫「死人的手指頭」，那些豪放的牧羊人則給它取了一個不雅的名字。她爬上一根橫垂的樹枝，想把她的花冠掛在上面，就在這個時候，一根心懷忌妒的樹枝折斷了，她就連人帶花一起掉進那嗚咽的溪水裡……

——《哈姆雷特》（第四幕，第七景）

愛米莉亞

我要像天鵝一般在歌聲裡死去。（唱）
楊柳，楊柳，楊柳……

——《奧賽羅》（第五幕，第二景）

波娜

告訴他，因爲他不久就要喪偶，我將爲他戴上**柳條**花環……

——《亨利六世，第三部》（第三幕，第三景）

求婚人

然後她只一逕的唱著**楊柳**、**楊柳**、**楊柳**。

——《兩個高貴的親戚》（第四幕，第一景）

信使

這是她的原話：她說時微微帶點輕蔑的意味：「告訴他，因爲他不久就要喪偶，我將爲他戴上**柳條**花環。」

薇奧拉

我要在您的門前用**柳枝**築成一棟小屋。

——《第十二夜》（第一幕，第五景）

班尼狄克

來，您跟著我來吧。

克勞狄奧

到什麼地方去？

班尼狄克

到最近的一棵**楊柳**樹下去，伯爵，爲了您自己的事。

——《無事生非》（第二幕，第一景）

我雖然違背誓言，對你卻忠貞不變，
我思想堅定如橡，對你卻柔順如**柳**。

——《激情漂泊者》

WORMWOOD
苦艾

奧布朗

回復你原來的本性，

解除你眼前的幻景；

這一朵**苦艾**花採自月神的園庭，

它將使那相思花不再產生作用。

——《仲夏夜之夢》（第四幕，第一景）

奶媽

那時候我用艾葉塗在我的奶頭上，坐在鴿

棚下曬著太陽……

就像我剛才說的，她一嚐到我奶頭上的**艾

葉**味兒，就覺得我的奶水變苦啦！

哎唷，這可愛的小傻瓜！

——《羅密歐與茱麗葉》（第一幕，第三景）

你祕密的歡樂變成了公開的醜聞，

你私下的盛宴迫使大眾齋戒，

你美好的頭銜化做狼藉的聲名，

你甜蜜的言語成了**苦艾**的滋味。

——《露克麗絲》

哈姆雷特

（退到一旁）**苦艾**！**苦艾**！

——《哈姆雷特》（第三幕，第二景）

羅瑟琳

把這種**苦艾**般可厭的習氣從你的腦海中去

除吧。

——《愛的徒勞》（第五幕，第二景）

莎劇中的植物圖像
與相關引文

BOTANICAL
SHAKESPEARE
Plant Portraits, Alphabetically
AND QUOTES

YEW
紫杉／紅豆杉

小丑（唱）

啊，為我準備白色的殮衾，並鋪滿**紫杉**。

——《第十二夜》（第二幕，第四景）

斯克魯普

一向為陛下祈福的退休老人也學著拉彎雙重致命的**紫杉**木弓，要反抗您的統治。

——《理查二世》（第三幕，第二景）

塔摩拉

他們立刻告訴我他們要把我綁在一株陰森的**紫杉**樹上，任由我這樣淒慘的死去。

——《泰特斯·安德洛尼克斯》
（第二幕，第三景）

巴里斯

你去那邊的**紫杉**樹下躺下來，用你的耳朵貼著中空的地面。地下才挖開了許多墓穴，土是鬆的。要是有人走到墳地上來，你准聽得見他們的腳步聲。

——《羅密歐與茱麗葉》（第五幕，第三景）

鮑爾薩澤

我在這株**紫杉**樹下睡著的時候，夢見我的主人跟另外一個人打架。那個人被我的主人殺了。

——《羅密歐與茱麗葉》（第五幕，第三景）

女巫丙

山羊膽，**紫杉**枝，
砍於暗夜月蝕時。

——《馬克白》（第四幕，第一景）

Y

謝辭
ACKNOWLEDGMENTS

首先，我要感謝藝術家長谷川純枝爲本書繪製了典雅的插圖，喚起了我們對莎劇的美好回憶。我因此意識到親眼目睹這些花草樹木的模樣，不僅對我們了解莎劇大有助益，也是一種前所未有的經驗。我很慶幸長谷川純枝因爲好奇的緣故，逐漸地對莎劇中的植物感到癡迷（我了解那種感受！）。感謝她那位總是很樂於幫忙的丈夫佛瑞德·柯林斯（Fred Collins）。是他讓她踏上了園藝的道路。感謝他們夫婦願意信賴我，讓我能爲這些花草樹木搭起一座「棚架」，使它們得以在上面繁茂滋長。感謝我們的共同友人大衛·塔巴茨基（David Tabatsky）。因著他的創意，我們才得以攜手合作。我何其有幸，得以結識史黛西·普林斯（Stacy Prince）。她不僅針對本書的編輯形式提出了高見，更引薦我認識了我那位既聰明又有耐心的經紀人柯琳·歐席雅（Coleen O'Shea）以及既古道熱腸又很能體諒人的特約編輯貝卡·杭特（Becca Hunt）。

有些人畢生孜孜矻矻鑽研各種文獻典籍，造福我輩，但他們的努力卻往往沒有被看見。我對這些人滿懷敬意，在此更要特別感謝珍·羅森（Jane Lawson）與羅絲·巴柏（Ros Barber）。前者研究伊莉莎白女王的禮物清單已有數十年之久。她的研究成果爲本書增添了更多的趣味與色彩。後者在本書出版前毫不藏私的和我分享了她對Honey-stalks一字以及華威郡方言的看法。除此之外，我也要感謝對《哈姆雷特》一劇有深入研究的艾迪·卓莉（Eddi Jolly）、熱愛文字的作家霍華·芮奇樂（Howard Richler）、協助我找到引文出處的麥克·馬可思（Michael Marcus）、和我分享她對玫瑰的心得的茱莉亞·克里夫（Julia Cleave）、願意陪著我一起修正文稿的寶娜·鮑黎（Dorna Bewley）、在各方面提供協助的布瑞德·馬格拉斯（Bríd McGrath）博士以及曾經多次和我在庭園中對話的已故的約翰·羅雷特（John Rollett）博士。

各研究機構都是由傑出的人才所組成。我很榮幸能有機會受益於下列人士的

研究成果：「革新俱樂部」（Reform Club）的圖書管理員賽門・布朗岱爾（Simon Blundell）、「倫敦自然史博物館」（London's Natural History Museum）的馬克・史賓賽（Mark Spencer）博士、「倫敦林奈學會」（Linnean Society of London）那些樂於助人的職員、「倫敦古董學會」（London's Society of Antiquaries）的奧特朗・沛恩（Ortrun Peyn）、「哥倫比亞大學巴特勒圖書館」（Columbia University's Butler Library）的珍妮佛・李（Jennifer Lee）、「大英圖書館」珍本書部門的華勒士（Wallace）等人、「佛爾格莎士比亞圖書館」（Folger Shakespeare Library）那些親切和善的工作人員，尤其是歐文・威廉斯（Owen Williams）、貝琪・華爾許（Betsy Walsh）、卡米兒・席拉丹（Camille Seerattan）、艾倫・卡茲（Alan Katz）和庭園解說員馬雅・費茲傑羅（Marya Fitzgerald）。這些人本身可能不知道他們給我的協助播下了什麼樣的種子。

除此之外，我也要感謝我那些優秀的團隊成員：布洛紐恩・貝瑞（Bronwyn Berry）、梅根・庫柏（Megan Cooper）、摩根・米洛哥（Morgan Millogo），不僅協助我探究成千上萬個小細節，還為我們的辦公室製作了一整個牆面的花卉馬賽克。安德魯・法蘭區（Andrew French）、大衛・柯爾・惠勒（David Cole Wheeler）、尼爾・馬丁（Neil Martin）等人各自運用他們的專業，為本書投入了大量的時間與材料。顏恩・柯爾（Jan Cole）曾經多次和我討論與野草有關的問題。更要感謝蕾貝佳・維布・薩羅（Rebecca Webb Serou）。她上床的時間顯然和我一樣晚。

最後，謹向普魯斯特以及那些「讓我們的（至少是我的）靈魂開花的迷人園丁」致敬。除了以上提到的諸位之外，還包括：瑪莉・伊特納（Mary Ittner）、凱思・柏納（Keith Berner）、麗莎・艾爾柏提（Lisa Alberti）、布蘭登・朱岱爾（Brandon Judell）、帕其公司（Patsy&Co）、彼得・賈德（Peter Judd）、席奧多・馬蘭德思（Theodore Melendez）、凱特・柯尼吉索（Kate Konigisor）、卡崔娜・佛格森（Katrina Ferguson）賽門・瓊斯（Simon Jones）與他的太太南西（Nancy Jones）、蓋爾・柯爾森（Gail Colson）、莎瑞・霍夫曼（Shari Hoffman）、雪莉・安德森（Sherry Anderson）、約翰・奧古斯丁（John Augustine）和克里斯多佛・杜朗（和 Christopher Durang）。

2015年，我參加在愛爾蘭舉行的「史賓賽研討會」（Spenser Conference）時曾經踏遍那兒的草地，想要尋找艾德蒙・史賓賽（Edmund Spenser）當年所居住

的城堡遺跡，並因此意外的發現那一帶的草原上竟然長滿了本書中所提到的各色植物，包括大蕁麻在內，讓我感覺彷彿經歷了一趟時空之旅。因此，調查研究的過程縱使辛苦，所得到的回報也異常甜美。

——蓋瑞特‧奎利

初時，我便有一個的夢想，打算把莎劇中所提到的植物通通畫出來。這樣的靈感乃是來自「邦德街劇場聯盟」（Bond Street Theatre Coalition）所演出的劇作。很感謝我大學時期的友人尤其達‧辛吉（Uchida Shinji）熱心的支持以及技術上的協助。感謝賽門‧歐里瑞（Simon O'Leary）在我多次前往倫敦期間讓我得以有棲身之處。感謝我的丈夫佛瑞德為本書命名，也感謝我們的友人和同事大衛‧塔巴茨基（David Tabatsky）為本書催生。在他的引介下，我們才得以認識蓋瑞特‧奎利、柯琳‧歐席雅（Coleen O'Shea）和哈柏‧柯林斯（Harper Collins）。在他們的幫助下，我才終於得以實現這個夢想。感謝他們幫助我走到這一步。我很享受創作這些圖畫的過程，也希望你們在觀賞時也一樣享受。

非常感謝！

——長谷川純枝

植物名稱釋義

依英文名稱排序

BOTANICAL
SHAKESPEARE
Flowers, Fruits, Herbs, Trees,
Seeds, and Grasses
BOTANICALS
DEFINED

A

烏頭（ACRONITUM）

又名Wolfs-bane、Monk-shood、Devil's Helmet和Queen of All Poisons（即「毒后」，儘管其他毒草可能會對此一名稱感到不滿）（參見HEBENON／HEBONA）。」烏頭屬的植物共有兩百五十多種，大多數都有劇毒。此屬植物頗為美觀，可以用來妝點庭園，也可用作解毒劑，但主要用途是做為麻醉藥，是巫婆時常使用的植物，在古代的戰爭中也被用來做為傷人於無形的毒藥。在《哈姆雷特》一劇中，萊阿提斯（Laertes）的劍尖所塗抹的可能就是烏頭的汁液，因為它的字根可能是akon這個字，而此字在希臘文中乃是「飛鏢」或「標槍」的意思。這種植物也曾經出現在莎士比亞最喜歡的書籍——歐維德（Ovid）的《變形記》（Metamorphoses）中。

橡實（ACORN）

橡樹（OAK）的果實。皮質的堅果／種子裸露在外，由杯狀的殼斗托住。它代表的是強壯的父輩（橡樹）所生下的軟弱、微小的後代，但反過來說，它也可以代表蘊含於內在的強大潛能。掉落的橡實被稱為MAST，是豬眼中的美食。

暗紫貝母
（ADONIS FLOWER／FRITILLARY）

這種花千百年來一直讓學者們感到迷惑，原因是：他們原本以為莎翁詩作裡的Adonis Flower指的是歐維德筆下那則有關維納斯和阿多尼斯（Adonis）的故事裡的秋水仙（anemone）（儘管莎士比亞向來會將他所引用的材料再做一番鋪陳），但詩中的描述「有白色棋盤狀斑點的紫花」，並不像是由死去的阿多尼斯所流出的鮮血所開出的花朵，倒是很符合暗紫貝母的特徵。此花學名為Fritillaria Meleagris，又名Snakehead Fritillary或Turkie flower（火雞花）。「火雞花」這個名字是法蘭德斯植物學家林伯特‧寶多恩斯（Rembert Dodoens）取的，因為這種花的圖案很像是珠雞羽毛的花色，而當時英國人把珠雞稱為火雞。大約1570年時，有一位名叫諾爾‧卡普隆（Noël Caperon）的藥劑師從法國的奧爾良（Orleans）地區引進了這種花，並「低調」地稱之為「卡普隆水仙」（Narcissus caperonius）。《藥草誌》的作者杰拉德很喜歡這種花，稱之為「方格水仙」（Checkered Daffodil），並將它放在1597出版的《藥草誌》一書的封面上，因此它也出現在和莎翁同一時期的著作上，而且很容易辨認。

扁桃（ALMOND）

扁桃樹是一個珍貴的栽培樹種。根據文獻，這種樹最早出現在十六世紀中期。這是因為伊莉莎白時期民生富庶，人們日益喜愛甜食，而以糖、玫瑰水和扁桃做成的「扁桃仁」（Marzipan，亦即《羅密歐與茱麗葉》一劇中的Marchpane）成為當時很流行的甜點。鸚鵡顯然無法抗拒扁桃的誘惑，因此才會有色希提斯（Thersites）那句著名的台詞。和莎士比亞同一時期的湯馬思‧納許（Thomas Nash）也寫了一本名為《An Almond for a Parrot》

的書。數年後，班·強生的劇作《魅力淑女》
(*The Magnetick Lady*)中也有類似的句子。

蘆薈（ALOE）

這種富含汁液的植物如今已成為「舒緩藥膏」
的同義字，但莎劇中所提到的這種蘆薈最初
是從印度或亞洲進口的，雖然同樣具藥效，
但卻有苦味，是一種強烈的瀉藥，香氣濃烈。

蘋果（APPLE）

蘋果樹是最早被栽培的果樹之一，其果實既
可食用，也可入藥，不過 Apple 一字也可以
做為其他果實的通稱。在莎劇中，蘋果除了
可供食用之外，也被用在各種隱喻之中。莎
士比亞在他的劇作中提到的幾個品種包括：

- **APPLE-JOHN**：很耐貯放、看起來有點乾
  癟或並不新鮮的蘋果。

- **BITTER-SWEETING**：一個微甜的品
  種，可能是用來榨汁或入菜的蘋果。

- **CODLING**：尚未成熟的蘋果。

- **PIPPIN**：一種形狀橢圓、頗耐貯放的蘋
  果，通常是用種子來栽培。

- **POMEWATER**：碩大、味酸、多汁、顏
  色較淺的蘋果。

- **LEATHER-COAT**：就是現在的 Golden
  Russet 蘋果，體型中等、酸中帶甜、口
  感清脆，是最優良的品種之一。不過，由
  於莎士比亞似乎是第一個提到這個品種的
  人，從上下文來看，他指的其實是葛縷子

（Caraway）以及其種殼，因此這段引文已
經被移至 CARAWAY 這個條目。

- **COSTARD**：這是《愛的徒勞》中一個滑稽
  角色的名字，但此字本身在古代時也用來
  指稱蘋果，而且通常是超大型的蘋果，所
  以它也被用來指「頭部」。因此，後來鄉下
  人就稱蘋果小販為 Costardmonger，唸快
  一點就成了 Costermonger，用來指那些
  四處流浪、吵吵鬧鬧、不誠實也不守法的
  水果販子（這個字偶爾也用來指演員）。

西洋當歸（ANGELICA）

我們在序文中曾經提到這種植物。它是一種庭
園作物，在野外也可以看到。《羅密歐與茱麗
葉》一劇中曾經提到「安婕莉卡」(Angelica)
這個名字。至於它所代表的意義，眾說紛紜。
有人認為它是一個廚娘的名字，有人說它是
奶媽之名，有人說那是用來消解茱麗葉之前
提過的風茄之毒的一種藥草，有人說它是在
婚宴中用來搭配烤肉的甜食……有趣的是，
與莎翁同時期的作家羅伯特 葛林（Robert
Greene）的詩作《裴里梅迪思》(*Perimedes*)
中，也有一個沒有聲音、只出現過一次的角
色，叫做「安婕莉卡」。

杏（APRICOT）

杏在莎士比亞的年代被稱為 Apricock。此字
是從 Abrecox／Aprecox 衍生而來，最初則
是源自拉丁文的 Præcox／Præcoquus 二
字。這種水果可能是在亨利八世時期從義大
利、西班牙或中國（透過絲路）引進英國的。
杏被視為有錢人的水果，且因開花時間比桃
樹早而贏得了早熟樹（Precocious Tree，這
個名稱也與它的拉丁名相似）的稱號。這種水

果也曾出現在《理查二世》（*Richard II*）一劇中，一般認為這並不吻合杏被引進英國的時間，除非莎士比亞知道什麼我們所不知道的事。果真如此，則杏可能是在更早之前（或許是羅馬帝國佔領英國期間）就來到了英國。

阿拉伯膠樹
（ARABIAN TREE [ACACIA]）

許多學者都以為奧賽羅（Othello）所說的 Arabian Tree 是棕櫚（PALM）或沒藥（其樹脂具有療效，但並不用來醫治眼疾），但十六世紀的草藥書（包括杰拉德的《藥草誌》）都認為它比較像是阿拉伯膠樹（Acasia，或稱 Aegyptian Thorne），因為後者所分泌的阿拉伯膠可以用來治療眼疾。十三世紀的一位義大利外科醫師曾經提到阿拉伯膠樹的樹脂像眼淚。不過，在《暴風雨》一劇和〈鳳凰與斑鳩〉一詩中所提到的樹，卻很有可能是棕櫚科的阿拉伯膠樹，因為一般相信神祕的鳳凰鳥乃是棲息在阿拉伯膠樹上，因此阿拉伯膠樹的拉丁學名才叫做 Phoenix Dactylifera。

梣（ASH）

英國的一種成材喬木，以生長快速、紋理緻密、材質堅固而聞名，是用來製作可靠工具和矛的主要木材。莎劇《科利奧蘭納斯》（*Coriolanus*）中提到以梣製成的矛，在碰到科利奧蘭納斯時裂成了碎片，其目的在突顯後者力氣之大。

山楊（ASPEN）

為楊屬樹木，其特殊之處在於：它的葉柄（葉子與樹木連結處）不是圓的，而是扁的，因此山楊的葉子才會不停的搖曳，彷彿永遠都在顫抖一般。

B

毛茛科植物／山蘿蔔／剪秋羅
（BACHELOR'S BUTTONS ／ BUDS）

泛指那些有著鈕扣狀花蕾和花朵的植物。在莎士比亞的年代，男人會在衣服的口袋裡或其他地方（女人則是在裙子的開口處），偷偷放置許多氣味香甜的花蕾，用來遮掩自己的體味，散發芳香宜人的氣息，藉此追求異性。從這些花蕾的新鮮度就可以看出他們的追求是否成功。後來，男士們逐漸改把花朵別在上衣的翻領上，或插在扣洞裡。

香脂（BALM、BALSAM、BALSAMUM）

這類植物可以用來緩解疼痛不適，因此後來泛指所有可以緩解不適的物質。我們運用大量的參數，篩選出那些與植物相關（而非用作隱喻，例如：Balm of my poor eyes 裡的 Balm 指的是「眼淚」）的引文。莎劇中的 Balm 指的可能是檸檬香蜂草（Lemon Balm）。其氣味淡雅香甜，可用來塗敷傷口並作成類似的藥物。除了檸檬香蜂草之外，當時的人也會使用香脂樹（Balsam）和巴爾薩香脂豆（Balsamum），這兩種樹的樹脂（本書中所附的插圖為「檸檬香蜂草」與「秘魯香脂樹」）。這些植物全都用來製作具有療效的軟膏，但也可以用來塗抹德高望重之人的遺體，或為王侯進行塗油儀式。

大麥（BARLEY）

一種穀類作物。一般認為，大麥所做出來的麵包不如小麥（WHEAT），但在糧食短缺時，大麥就成了人們的主食。此外，大麥也可以用來釀造啤酒（Barley的意思就是做啤酒〔Beer〕的植物）。在《亨利五世》的那段引文中，那位法國大元帥對所謂的「大麥湯」（Barley-Broth）頗有不屑之意。有人認為他指的固然是那種由大麥做成、有涼血作用的藥膳，但也是在譏諷英國的啤酒。

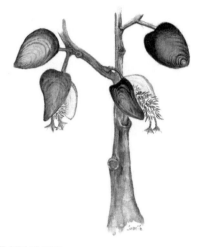

BARNACLE

在《暴風雨》一劇中，卡利班（Caliban）擔心：「我們都將化為Barnacles。」儘管有人認為劇中人既然住在島上，因此卡利班所說的Barnacles應該是指「藤壺」（一種附著在船底的甲殼動物），但十六世紀的人們堅信所謂的Barnacles乃是從「巴納可樹」（Barnacle Tree，一種會長出鵝的樹木）上長出來的鵝（杰拉德發誓他曾經親眼看過這種鵝）。這種傳奇之樹，似乎源自於海上的傳說和十四世紀旅人所述的見聞。但如今，我們知道世上確實有Barnacle Geese這種生物。它們就是由貨真價實的母鵝生出來的「白頰黑雁」。

月桂（BAY TREE ／ LAUREL）

月桂是德爾菲神廟的女祭司們以及阿波羅神最鍾愛的樹木，英文名稱為Sweet Bay（拉丁學名為Laurus Nobilis）。它是常綠植物。長久以來，它那平滑光亮的翠綠葉片一直讓人聯想到王室家族、永生不朽以及戰爭勝利者的冠冕。義大利人有一個迷信：如果一個國家的月桂枯萎死亡，就代表那個國家將會發生重大的災難。

豆（BEANS）

在莎劇中，豆類的地位似乎很低（有一位作家說它們是很不浪漫的植物）。莎劇中所提到的豆，通常是指某種用來當成馬飼料（潮濕時會導致馬兒的腸胃不適），或僅供平民或窮人食用的蠶豆。

歐洲藍莓（BILBERRY）

生長在被苔蘚覆蓋的荒原或小樹叢裡的一種常見的野生灌木，又名Whortleberries、Heathberries或Whinberries。人們在食用歐洲藍莓的果實時，嘴唇和手指往往會留下深藍色的漬痕，因此皮斯托（Pistol）才會說要把那些女僕捏得身上出現一塊塊顏色有如歐洲藍莓的瘀青。歐洲藍莓在莎劇中只出現過一次，不過由於它是常見的野生植物，因此在《雅典的泰門》（Timon of Athens）以及《泰特斯·安特洛尼克斯》（Titus Andronicus），二劇中所提到莓果可能也是歐洲藍莓。

樺樹（BIRCH）

英國原生種的樹木，但在莎劇中只是輕描淡寫的帶過。劇中雖兩度提及樺樹，但並未頌揚它優雅的風姿，而是談到如何運用它的枝

條：把乾燥的樺樹細枝綁成一束，可以用來當成家法，因此英文中才會有Birching（鞭笞）一字。當時的男人也用這種樺木枝條來鞭打老婆。此外，巫婆的掃帚通常也是樺木做的。

黑莓（BLACKBERRIES／BRAMBLES）

這可能也是《雅典的泰門》及《泰特斯．安特洛尼克斯》二劇中所提到的莓果。劇中指出這種野莓長在矮樹叢中，到處可見，容易食用，但長滿棘刺，不容易採摘。

黃楊（BOX TREE）

黃楊樹經常用來做成樹籬，到處可見，而且很容易被修剪成各種造型，用來妝點結紋花園（Knot Garden）、大型庭園、涼亭等等。難怪在《第十二夜》中那些惡整馬伏里奧（Malvolio）的人，就躲在奧莉薇亞的庭園的黃楊樹叢中。

密刺薔薇（BRIERS）

指的是薔薇莖上的刺或植物帶刺的部位。本書所附的插畫是「密刺薔薇」（Scotch Rose，即玫瑰果）和黑莓灌木，但山楂灌木叢和其他尖銳有刺的植物也屬於Briers的範疇。參見THORNS。

金雀花（BROOM）

這種會開花的灌木在莎劇中的地位既卑微又崇高。金雀花生長於荒原，其花朵色澤艷黃、氣味香甜，但只有在《暴風雨》一劇中被提過一次。在《仲夏夜之夢》中，帕克（Puck）提到，它可以用來打掃這一段也被列入了引文中（但省略了他說掃帚是很實用的工具這一段），因為身為一個精靈，他可

能不太會把這種美麗的植物當成掃帚來用。然而，金雀花在古代的拉丁文名稱為Planta Genista。英國顯赫的王室家族「金雀花王朝」的名稱（Plantagenet）即源自於此。這個王朝的成員曾經出現在莎士比亞所寫的六齣歷史劇中，其中包括理查三世（Richard Plantagenet）。根據幾位英國歷史學家的考證，在萊斯特（Leicester）當地的一座停車場底下，挖出的一具骸骨乃是理查三世的遺骸。這是本世紀最重大的考古發現。

香蒲（BULRUSH）　參見RUSHES。

牛蒡（BURDOCK／HARDOCK／HARLOCK／CHARLOCK／HARDOKE和BUR／BURRES）

儘管考狄利婭（Cordelia）提到這種野草時語帶貶損，但它在原生地卻可能是一種很迷人的植物，而且可以用來把頭髮染紅。但它那乾燥、未開的頭狀花序會形成毛球，有著又長又硬的苞片，且頂端有鉤，會牢牢的黏在旁邊的東西上，因此它往往象徵著「不可自拔的迷戀」。

地榆（BURNET）

屬薔薇科，又名Garden Burnet和Common Burnet。Burnet此名源自它那淺棕色的花朵。在莎劇中，它只有在《亨利五世》中的勃艮第公爵（Dukes of Burgundy）長篇大論的描述生態時出現過一次。但法蘭西斯 培根（Francis Bacon）也曾經讚賞地榆之美，並建議人們可以在小徑兩旁種植這種植物，以及野生的百里香（THYME）和薄荷（MINT）。

C

捲心菜（CABBAGE）

在英文中又被稱為Cole、Worts或Coleworts。在《溫莎的風流婦人》一劇中，當伊凡斯牧師操著濃重的威爾斯腔把英文的Good Words（好言好語）説成Good Worts時，法斯塔夫就笑他説的是「好一顆捲心菜」。莎士比亞時期的英國人經常在自己的村舍花園中種植捲心菜做為主食，窮人則拿來做成濃湯。杰拉德也曾經指出，食用捲心菜可以改善視力，其種子則可淡化雀斑。

使花腐爛的壞疽（CANKER-BLOOM ／ CANKER-BLOSSOM）

這不是一種花，但在莎劇中多次被提及，因此我們將它列入條目。壞疽是感染了細菌或霉菌而化膿、腐爛、最終甚至可以致死的開放性傷口。莎士比亞在他的戲劇中經常以植物和花朵上的壞疽做為隱喻，有時具有喜劇效果，但多半都有悲劇意涵。

甘菊（CAMOMILE，亦作CHAMOMILE）

十六世紀的地被植物，是一種具有舒緩效果的芳香藥草，在十世紀盎格魯－撒克遜出版的藥草書《治療》（Lacnunga），所列出的九種神奇藥草中排名第五。甘菊象徵能量及謙卑，因為它愈被踩踏就長得愈壯、愈快、愈加芳香。

續隨子（CAPER）

一種刺藤般的灌木，其花蕾被用來醃漬後作成調味料或配菜。由於它經常被用來做為搭配羊肉的醬料，因此《第十二夜》中的托比爵士才會説出他那句雙關語。這是因為Caper一字除了指「續隨子」之外，也是一個馬術用語，源自十六世紀末期法文中的Capriole這個字，指的是傳統馬術中馬兒躍起、後腳往後踢的一個動作，所以托比爵士和安德魯才會用它來大玩文字遊戲。

葛縷子（CARAWAY、CARRAWAYS ／ CARROWAYES）

葛縷子被誤稱為「子」，其實它是細小的果實，與茴香（FENNEL）同科。在莎士比亞時代，它們被用來做成糖衣果仁（Comfit，一種糖果，參見SUGER），還可遮掩蛀牙的氣味，也被用來配著蘋果（APPLES）食用。湯馬思·寇根（Thomas Cogan）在他1584年的作品《健康天地》（Haven of Health）中曾經指出：「所有會使人脹氣的東西，都要配著其他能夠消氣的東西一起吃。」由於葛縷子的外皮柔軟如皮革，根據這句話的上下文來看，我們可以判定台維（Davey）所指的Leather-Coats（意為「皮外套」）是葛縷子，而非一種蘋果。

聖薊（CARDUUS BENEDICTUS ／ HOLY THISTLE）

湯馬思·布拉斯必奇（Thomas Brasbridge）在他1578年的作品《Poore Man's Fewell》中讚揚聖薊的療效。在《無事生非》（Much Ado About Nothing）的這段引文中，瑪格麗特之所以拿聖薊來治療碧翠思，是在挪揄她，是因她的毛病係因那位讓她愛恨交加的班尼狄克（Benedick）而起，而聖薊的英文名CARDUUS BENEDICTUS，當中正好含有Benedick一字。

康乃馨／香石竹（CARNATION ／ GILLYVORS ／ PINKS）

莎士比亞曾經兩度在《愛的徒勞》一劇中提到康乃馨的顏色（淺玫瑰紅或深玫瑰紅）。那是法斯塔夫所憎惡的小丑考斯塔德，卻也是很想要的緞帶顏色（也是當時宮廷中很時興的顏色）。伊莉莎白女王統治期間曾經有一百多次獲贈康乃馨色的服裝。在《冬天的故事》（Winter Tale）中，帕迪塔說，康乃馨和香石竹是「自然界的雜種」。儘管一般人認為嫁接植物的做法褻瀆了大自然、違反了上帝的規劃，但她未來的公公卻在一席充滿隱喻的談話中推崇透過嫁接技術，將自然與藝術加以結合的做法。康乃馨和香石竹都是石竹科（Pinks，亦為「粉紅色」之意）的植物。在《羅密歐與茱麗葉》一劇中，羅密歐和莫枯修就利用這一點此大玩文字遊戲。

胡蘿蔔（CARROT ／ CARET）

平民大眾經常食用的一種蔬菜。在《溫莎的風流婦人》中，當伊凡斯牧師在拉丁課程中操著他那濃重的威爾斯口音，給了威廉一個「脫字符號」（Caret）時，魁格來夫人回以雙關語加以戲謔。杰拉德在他的著作中描述了人工栽種的黃色、紅色的胡蘿蔔以及顏色較淺的野生胡蘿蔔，在醫療和烹調上的用途。

雪松（CEDAR）

一種常綠針葉樹。莎士比亞在他的作品中數度引用聖經中對雪松高大、強壯和長壽的描述，以其做為古老世族的象徵。

櫻桃（CHERRY）

櫻桃由於色澤豔紅，經常在詩詞中被用來比喻女子的紅唇。此外，由於一根櫻桃梗上會結出兩粒果實，也被用來比喻「親密」或「相似性」。在亨利八世時期，櫻桃是很受歡迎的水果。長久以來，人們看到櫻桃，就會聯想到「處女」（中世紀時就已有一首關於櫻桃與童貞聖母的歌謠流傳至今），因此櫻桃很適合號稱「童貞女王」的伊莉莎白一世的服裝上的圖案。但有一種名叫「櫻桃核」（Cherry-Pit）的遊戲（把櫻桃核像彈珠一樣丟進一個小洞中），則被視為魔鬼的把戲。

栗子（CHESTNUT）

枝葉濃密的栗子樹就像胡桃樹一般，是千百年來英國各地普遍可見的樹種。莎士比亞時代的人把甜美的栗子當成甜點，也會儲存起來供荒年時食用。當時也很流行火烤栗子，而在烤的過程中栗子會發出佩特魯喬所說的爆裂聲。由於栗子是紅褐色的，我們從《皆大歡喜》的那段引文可以看出，歐蘭德的頭髮正是紅褐色。

三葉草（CLOVER）

三葉草因葉子細嫩、氣味芳香，經常被種植在沙地和草地上以供牛羊食用。人們一度以為莎劇中的Honey-Stalks也是指三葉草，但近年的研究顯示，這個源自十八世紀的說法並沒有根據。

丁香（CLOVE）

為終年常綠的丁香樹的花苞，自古以來即為英國自東印度地區進口的大宗物資，既可食用，也可入藥。莎士比亞時期的蘋果派幾乎都會用到丁香。當時的人也會把丁香塞進柑橘類的水果，作成芳香劑（Pomander）。

麥桿石竹（COCKLE）

一種會開花的禾草，花形嬌弱，頗為美麗，

但卻有毒。這種草就像毒麥（Darnel）一般，如果長在作物之間，種植者就必須花很多力氣以人工的方式將它拔除。麥桿石竹的存在可以用來比喻某種腐敗，因此才會出現在莎劇中兩位瘋女孩奧菲莉亞（Ophelia）和獄卒的女兒的瘋言瘋語中。

苦西瓜（COLOQUINTIDA）

別名「苦蘋果」，其實是瓜類（GOURD），最初產於賽普勒斯或西班牙，因此《奧塞羅》（Othello）中的伊阿古（Iago）才會提到它。和莎士比亞同一時期的作家如約翰黎立（John Lyly）和羅伯特‧葛林（Robert Greene）都曾提到，這種瓜味道苦澀、具有毒性，杰拉德則說它是強效的瀉劑。

樓斗菜（COLUMBINE）

是一種庭園花草，亦可見於野外。花瓣形似鷹爪，或許因此其學名才叫Aquilegia。有些人則認為它的花朵形狀像飛行中的鴿子（其拉丁屬名為Columba）。莎士比亞時期的人也可能稱之為「白屈菜」（Chelidonia），「因為它在麻雀到來的時節開花」，據說能夠恢復它們的視力。從哈姆雷特在劇中最後一幕有關「麻雀的墜落」的談話來看，這個說法很有意思。樓斗菜樓斗菜的五片花瓣尾端彎曲呈角狀，使它成為「通姦」的隱喻。奧菲莉亞在她發瘋那一幕曾經拿樓斗菜送人，此舉究竟有何意涵，各方解讀不同。此外，樓斗菜也是蘭開斯特王朝（the House of Lancaster）和德比家族（Derby family）的家族徽章上的主要圖案，但由於它源自毛莨科，是烏頭（ACONITUM）的親戚，因此具有毒性。

黃柏（CORK）

杰拉德在他的《藥草誌》一書中詳細描述了這種生長在地中海地區的樹木。其樹皮既輕又厚，猶如海綿，很適合做成女鞋的鞋跟和保暖的襯裡，頗為珍貴，甚至被列為進貢給伊莉莎白女王的禮物之一。但無論當時或現在，它最普遍的用途還是做瓶塞。

穀物（CORN）

Corn這個字在現代英文中指的是「玉米」，但在莎劇中乃是所有穀物的通稱，尤其是主要的作物或任何需要碾磨的作物，例如小麥、裸麥、燕麥或大麥。莎士比亞屢屢以Corn來稱呼這些穀物，不免讓現代的觀眾感到有些迷惑。事實上，真正的玉米（當時的人稱之為Turkie Corne或Maize）是在十六世紀被引進英國的。在杰拉德於1597年出版的《藥草誌》一書的封面上，那神祕的「第四個男人」就用左手拿著玉米。杰拉德在書中深入的描述了玉米的產地——土耳其（因此玉米才被稱為Turkie Corne）、亞洲和美洲以及進口的路線，並稱之為「土耳其小麥」（Turkie Wheate）（此舉或許使得讀者更加迷惑）。除此之外，他也說明了他種植玉米的經驗，但一直要到十七世紀末期，玉米才真正被當成糧食作物栽培。在莎士比亞時期，穀物的價格和產量攸關政局的穩定。1590年代，英國曾經因穀物歉收而發生叛亂（《亨利五世》和《科利奧蘭納斯》二劇均曾提及此一事件），所以1597年伊莉莎白女王的財政大臣伯利（Burghley）在向國會演說時才會表示：「那是窮苦民眾因穀物產量稀少、價格昂貴，導致他們活不下去而發出的沉痛吶喊。」

黃花九輪草（COWSLIP）

報春花（OXSLIP）與櫻草花（PRIMROSE）的

近親，原產於英國，在春天開花，其特色是花朵中央有五個有如「雀斑」一般的小紅點。《辛白林》（Cymbeline）一劇中，有一個情節便與這些小紅點有關。在莎士比亞筆下，黃花九輪草的鐘狀化身（被暱稱為「仙女杯」）成了小精靈的棲息之處，而那些被稱為「紅寶石」的小紅點，則具有使容顏潔淨的功效。在《仲夏夜之夢》中，莎士比亞形容黃花九輪草是妖精王后提泰妮亞御前的「高大侍衛」，但這並非憑空想像出來的，因為伊莉莎白女王的衛士向來是「英國最高大、俊俏的紳士與侍從」。此外，在伊莉莎白女王那幅最具代表性的「彩虹肖像」中，女王身上穿的繡花衣裳也有黃花九輪草的圖案。

野蘋果（CRAB-APPLE）

英國的原生種，是後來被栽培出來的各種蘋果樹的始祖，被用來當成母株，嫁接新的蘋果品種。莎劇中經常提到這種蘋果，其特點是味道很酸。它的果實質地堅硬，形狀並不討喜，因此要吃的話必須先烤過，也可以搗成泥狀，做成類似醋的酸果汁，用來當調味料、醃漬食物或者當成藥物。這種蘋果是盎格魯－撒克遜的藥草誌《治療》所記載的神聖藥草之一。杰拉德稱之為 Wilding Tree。它的木材特別堅硬，是製作手杖和桶板的理想木材。

剪秋羅（CROW-FLOWERS）

在王后葛楚畢所列出的奧菲麗雅用來製作花環的花朵中，Crow-Flowers 指的究竟指是什麼，一直是個謎，但根據杰拉德的說法，它指的是「剪秋羅」（Ragged-Robin），一種生長在濕地的嬌嫩花朵。

皇冠貝母（CROWN IMPERIAL）

這是莎劇中所提到的第二種貝母屬的植物（第一種是暗紫貝母），但也只有在《冬天的故事》的鄉村場景中出現過一次。皇冠貝母是在 1580 年左右從君士坦丁堡引進英國。劇作家喬治‧查普曼（George Chapman）在他於 1595 年出版的諷刺詩《歐維德的感官盛宴》（Ovid's Banquet of Sense）中，稱花貝母為「美麗的皇冠」以及「花中之王」。它那大大的金黃色花朵在植株的頂端排成一圈，像一頂皇冠，圓圈中央則有一簇綠葉往外伸展。不過，根據傳說，儘管客西馬尼園（Gethsemane）中的皇冠貝母備受眾人讚賞，但在最後一夜，當耶穌被帶走時，所有的花兒都憂傷的垂下了頭，唯獨皇冠貝母例外。後來它凋萎時，甚至流出了類似眼淚的物質。杰拉德似乎並不知道皇冠貝母和暗紫貝母（Fritillaria meleagris）有親緣關係，因此也將它放在他的鉅作《藥草誌》的封面上。

毛茛（CUCKOO-BUDS）

英格蘭原生的一種毛茛屬植物。

草甸碎米薺（CUCKOO-FLOWERS）

請參見 LADY-SMOCKS。

醋栗（CURRANTS）

英國的一種醋栗，近似鵝莓，生長在英國許多地區的野外，一直到十六世紀才被馴化。杰拉德曾經提到，倫敦一些庭園裡有這種醋栗，並說它們的果實很小，「無刺……呈完美的紅色」。在《兩個高貴的親戚》一劇中也有類似的描述。但伊拉康牧師（Reverend Ellacombe）堅稱，劇中的「小丑」所要採買的醋栗乃是來自科林斯（Corinth）商用醋栗（Vitis Corinthiaca）。這種醋栗在十三、十四

世紀時被稱為 Raisins de Corauntz。

CUPID'S FLOWER 參見三色菫（PANSY）。

番瀉樹（CYME ／ SENNA）

《第一對開本》中有 Cyme 一字，後來被修訂為 Senna，理由是 Cyme 乃是 Cynne 之誤，而 Cynne 乃是 Senna 在古時的拼法。番瀉樹是在十七世紀才被引入英國，但根據文獻，它在古典時期之前就已經被用來當成瀉藥。

柏樹（CYPRESS）

源自義大利或地中海（尤其是賽普勒斯）的一種常綠樹木，色澤深暗，樹枝有如鉛筆粗細，木材有防腐作用，很適合用來製成儲物櫃。在瘟疫期間，人們會將柏樹的枝葉鋪在地上，以示哀悼。它代表與死亡有關的情感，例如哀傷、神聖等。

D

水仙（DAFFODIL ／ NARCISSUS）

長在林地上的一種野花，可以為結紋花園增添亮麗的色彩。其花期甚早，因此水仙開花乃是春天來臨的先兆，但因那則有關水仙的希臘神話之故，它也代表了「愚蠢」。

雛菊（DAISIES）

英國的原生植物，在春、夏兩季之前開花，象徵新鮮、天真與端莊，但因為花朵迅速凋落，也代表悲痛、哀傷與死亡。

大馬士革李（DAMSON） 參見 PLUM。

毒麥（DARNEL）

一種禾本科的穀物或野草，在種植作物的田地裡經常可見，具有劇毒。如果用來烘焙或釀酒的穀物裡摻有毒麥的種子，會使得食用者產生類似喝醉酒般、神智不清的現象，視力也會變得模糊，頗為危險。一旦田地裡有毒麥，農夫就必須費時費力用手拔除，造成他們很大的困擾。參見 COCKLE。

椰棗（DATES）

一種具有異國風味的果實，產自南歐、北非和西亞各地的椰棗樹。在莎士比亞之前的數百年間，椰棗就已經是搶手的進口產品。盎格魯－薩克遜人稱之為「手指蘋果」（Finger-Apples）。

多形炭角菌（DEAD MEN'S FINGERS）

參見 WORMWOOD。

露莓（DEWBERRIES）

露莓比黑莓更早成熟，果實較大，但每串的數量較少，植株也不若黑莓大。參見 BILBERRY。

黛安的花蕾（DIAN'S BUD）

參見 WORMWOOD。

酸模（DOCKS）

這種扎根很深的闊葉野草喜歡生長在人跡罕至的牧場和草地上，而且往往長在有刺的蕁麻附近，可用來緩解被蕁麻扎到後所產生的灼熱感。

E

烏木（EBONY）

莎士比亞之所以提到這種硬木是因為它的樹幹中心有著烏黑發亮、耐打磨的心材。有些學者一度認為《哈姆雷特》劇中的毒藥（HEBENON／HEBONA）是由烏木提煉的。

鏽紅薔薇（EGLANTINE）

亦名Sweet Brier，這種棘刺不多的鏽紅薔薇因氣味芳香獨特、勝過其他玫瑰而備受喜愛。這種氣味是由它的葉子（而非花朵）散發出來，而且無法複製（因此市面上絕對沒有真正的鏽紅薔薇香水）。或許因為這點，伊莉莎白女王除了正式的都鐸玫瑰紋章之外，也以鏽紅薔薇的圖案做為她個人的標誌。

接骨木（ELDER）

英國的原生樹種，常見於森林中與崎嶇不平、雜草叢生的荒地上。其花朵氣味香甜如蜜，但葉子卻惡臭難聞，兩者形成鮮明的對比。莎士比亞利用猶大自縊於接骨木上的傳說，以及小男孩用接骨木的葉柄製作的玩具氣槍，來玩一語雙關的文字遊戲。接骨木素有「大自然的藥箱」之稱，因此在《溫莎的風流婦人》中，店主稱呼卡厄斯大夫為「醫神」和「醫學家」之外，也說他是「有接骨木心腸的人」。

榆樹（ELM）

榆樹的木紋優美，具有裝飾價值，是貴重的木材。英格蘭的榆樹由於染病的緣故，雖然有人力圖挽救，但基本上已經絕跡了。羅馬人常把榆樹種在葡萄園裡，因此古羅馬詩人奧維德（Ovid）才會歌詠榆樹與葡萄藤之間的戀情。

濱刺芹（ERINGOES）

又名Sea Holly，在莎士比亞時期被種來做為蔬菜，具有多種藥用價值。莎士比亞是第一個提到這種植物的人。在《溫莎的風流婦人》中，福斯塔夫（Falstaff）所說的那段著名的台詞中，就提到了糖漬的濱刺芹根以及其他兩種盛行的春藥：蕃薯和一種有麝香氣味、名為「接吻糖」（Kissing-Comfit）的硬糖果。

F

茴香（FENNEL）

一種耐寒的多年生香草植物。其種籽氣味濃烈，有助消化。咀嚼茴香籽有助延緩飢餓感。對於以豆類為主食的人而言，它能夠幫助消解脹氣。儘管它被尊為九種神聖的藥草之一，但杰拉德並未將它列入《藥草誌》中，理由是它已經人盡皆知，因此沒有必要「浪費力氣」寫它。

蕨（FERN／FERN SEED）

在這段引文中，莎士比亞開了一個玩笑：既然蕨的種籽（其實是孢子）是隱形的，那麼

根據「以形補形」的原理（the Doctrine of Signatures），理論上它們可以使得事物隱形，但只有在仲夏夜才會發生作用。幸好有人提出了警告。

羊茅（FESCUE）

英國原生的禾本科植物，種類繁多，可能用來當成教鞭。在1607年一齣作者不詳的戲劇《清教徒》（The Puritan）中這種植物就被用來做類似的用途，不過在《兩個貴族親戚》（Two Noble Kinsmen）一劇中，這種植物中具有性暗示的意味。參見GRASSES。

無花果（FIG）

無花果除了可以入藥之外，它的形狀也予人性方面的聯想，並且素有春藥之名，因此很多人都拿它來做為黃色笑話的題材。伊拉康牧師巧妙的說明了無花果的特殊之處：它「既不是水果，也不是花，但兼具兩者的特質……它那多肉囊袋裡包裹了許許多多的花……這些花雖從未見過天日，但卻能完全發育並讓它們的種籽得以成熟……」然而，身為教會的法政牧師，他卻刻意避免澄清皮斯托話語中的意思，尤其是那粗鄙的「做一個無花果」（Making a fig）的手勢：把大拇指放在食指和中指中間──大致上就是「女版」的「比中指」的意思。如果比出這個手勢時再配上無花果的西班牙文，就更能突顯其中的意涵，據說這個手勢是西班牙人發明的。

歐洲榛樹（FILBERT） 參見HAZEL。

黃鳶尾（FLAGS）

可能是指遍生於濕地的英國原生種的黃鳶尾，也可能是指所有漂浮在水上的蘆葦（REED）或燈心草（RUSH）。 參見FLOWER-DE-LUCE。

亞麻（FLAX）

一種作物，在歐洲黑暗時代之前就已經有人種植，可用來織成帆布、繩索和麻布，其種籽也可用來榨成亞麻仁油。亞麻的纖維極為易燃，由於顏色甚淺，也被用來形容老人的頭髮。有鑑於它的拉丁學名是Linum Usitatissimum，而且在莎士比亞時期就已經被用來織成繩索或亞麻布，因此我們可以合理懷疑《暴風雨》一劇中所提到的Line-Grove指的就是亞麻。參見LINE TREE（LIME ／ LINDEN）。

鳶尾
（FLOWER-DE-LUCE ／ FLEUR-DE-LIS）

可能是指許多種不同的百合與鳶尾。其法文名稱是Fleur-de-Lis，而黃鳶尾也是法國的標誌。儘管法文Lys指的是百合，但長久以來鳶尾一直是皇室的象徵。艾德蒙·史賓瑟（Edmund Spenser）、法蘭西斯·培根和班·強生都在他們的作品中提過Flower-de-Luce就是黃鳶尾。此花代表信念、勇氣與智慧，因此它本身就很適合做為紋章上的符號。

延胡索
（FUMITER ／ FUMITORY ／ FENITAR）

一種花形美麗的野草，但由於它蔓延會吞噬一整片田地，因此並不受歡迎。

犁溝草（FURROW-WEEDS）

任何生長在犁溝裡的植物。參見COCKLE、DARNEL、FUMITER、GRASSES。

荊豆（FURZE／GOSS／GORSE）

在《暴風雨》一劇中，普洛斯帕羅所居住的荒島上荊豆遍生，莎士比亞通常稱之為Gorse。荊豆枝葉濃密、多刺、繁衍迅速，通常生長在酸性的土壤與荒原上。莎劇中提到了它們蓬亂不馴的特性。參見THORNS、BROOMS、BRIER。

G

大蒜（GARLIC／GARLICKE）

大蒜的功效人盡皆知。它可以清血、預防感冒，並且為肉類、湯品和燉菜增添濃郁的風味。它是石蒜科的植物，氣味濃烈。在莎士比亞時代，提到大蒜，往往會使人想到窮人或外來移民。它與巫術有特定的關連，但它的惡名主要來自於它那濃重的氣味會使人產生口臭和難聞的體味，因此在《仲夏夜之夢》一劇中，博特姆（Bottom）才會警告那些演員遠離大蒜。

GILLIVORS／GILLY-FLOWERS

石竹科中一種會散發出丁香氣味的花朵。參見CARNATIONS。

薑（GINGER）

多年生的塊根植物，是莎士比亞時代的英國人很熟悉的一種植物，但並非英國的原生種，而是從東印度群島進口。薑因性溫，能為平淡的食物和飲料增添風味，因此是很有價值的商品。在莎士比亞時代，薑具有藥效、可以用來製作薑餅，而受到歡迎。

鵝莓（GOOSEBERRY）

醋栗科的灌木，因果實較大、較甜而成為庭園植物。鵝莓與鵝無關，因此莎士比亞在劇中簡稱它為Goose時，可能會讓人一頭霧水，尤其他講的只是它果實的顏色（綠色）。

莎士比亞的遣詞用字向來有多層意涵，因此光是Goose一字就有可能指鵝莓、鵝或妓女。英文中的Gooseberry一字源自法文或義大利文，也可能是Crossberry之誤。當時的人認為，在瘟疫期間應該食用鵝莓。英文中源自五朔節（May Day Festivals）的片語Silly Goose，或許和鵝莓有關。

葫蘆（GOURD／PUMPION／MARROW／CURBITA）

這些都是屬於葫蘆科的可食用植物。Pumpion通常用來泛指所有可食用的葫蘆，包括瓜類和黃瓜，因此在《溫莎的風流婦人》中福德太太，才會說它們「滿肚子臭水」。《雅典的泰門》中所提到的Marrow也同屬葫蘆科。另外，不得不提的是：在《終成眷屬》一劇中，帕洛用Curbed Time這樣的字眼，拿葫蘆的拉丁名Curbita來玩文字遊戲。在《溫莎的風流婦人》中，皮斯托所提到的Gourd其實是一種骰子，可能是小葫蘆乾燥的外殼製成。

葡萄（參見VINE，GRAPES、RAISINS）

指的是葡萄樹結出的果實，在莎士比亞時期也可能用來代表葡萄酒、漿果或泛指所有的水果。Raisin（葡萄乾，亦名Muscatel）一字為Racemus之誤，意思是「葡萄串」（《一報還一報》〔（Measure for Measure）中小酒館

的名字正好就是「葡萄串」），因此它指的可能是仍然掛在樹上的成串成熟葡萄。

禾草（GRASSES ／ STOVER ／ HONEY-STALKS）

泛指生長在牧場或草地上的草，有可能是一萬多種禾本科植物當中的任何一種。它們長得很快，即使遭到過度踩踏，也很快就會再長出來。因此它們可以用來象徵力量、自給自足與再生。莎士比亞在許多地方都提到禾草，有時用割草來形容對婦女與兒童的屠殺，有時則描述劇中人物以頭枕著禾草的詩意畫面。除此之外，這些名詞也可能是指地被植物（參見MUSHROOMS ／ TOADSTOOLS）。我們把Honey-Stalks也放在這裡，近來有研究顯示，這個名字可能是指綿羊喜歡吃的帶著露水的禾草。參見FESCUE。

野風信子（HAREBELL）

此處莎士比亞指的究竟是圓葉風鈴草、藍色風鈴草（其花期與報春花相同），還是俗名為Harebell的野風信子（Wild Hyacinth）（此花確實有葉脈）。最後我們決定以他在劇中所提到的名字為準，因為正如同我們之前所言（參見PEONY），莎士比亞通常都是對的。

山楂（HAWTHORN ／ MAY TREE）

山楂在五月開花，宣告春天的來臨，正巧趕上五朔節的慶典，也為牧羊人提供了遮陰之處。在莎士比亞時期，山楂樹通常都讓人想到鄉下人。因為多刺，它又有Whitethorn、Blackthorn和Quickthorn等別名。這些刺有時會被鄉下人當成針刺療法的工具。除此之外，山楂具有神奇的力量，也有「仙子樹」的美名：它那成熟的紅色莓果 —— 被稱為「杜鵑珠子」（Cuckoo's Beads）或「精靈之杯」（Pixie Cups）—— 可以做成強心劑。

榛樹（HAZEL ／ FILBERT ／ FILBERD ／ PHILBIRTES 和 NUTS）

這種灌木用途很多，可以當成樹籬、籬笆，也可以用來生產榛子。它的枝幹富有彈性，經過修剪後可以用來當成探測地下水源的工具，也因此讓它成為莎士比亞時代人們眼中的神奇之樹。這點從《羅密歐與茱麗葉》一劇中，莫枯修有關麥布女王（Queen Mab）的那一席話中可以看出。當莎士比亞用Nut這個名詞時，一般認為他指的是Filbert。這個名稱是源自榛果成熟的時間恰恰是八月二十二日，而那天也正好是聖菲爾伯特日（St. Philbert's Day）。 參見ALMOND、CHESTNUT、WALNUT。

歐石南（HEATH）

指的是空曠的高沼地，上面長滿了各種原生的開花灌木及禾本科植物或歐石南（Heath、Heather、Bell Heather或Ling）。莎士比亞時期的人很喜歡這樣的荒野景觀，甚至會在自家的庭園中刻意營造這類風光。

毒草（HEBENON ／ HEBONA）

這種被用來謀害哈姆雷特的父親的毒藥至今仍是眾人熱烈討論的一個話題，因為每一個人都忍不住要試著解開「被倒進哈父的耳朵裡的究竟是哪一種毒藥？」這個謎團，我們也不例外。經過一番推敲之後我們得出了答案，但在下方我們也列出了幾種毒藥，供您參考。

──在莎劇的《第一對開本》中，那毒藥的名字叫 Hebenon，《哈姆雷特》的兩個四開本中，則為 Hebona。但這個故事的原始資料中，完全沒有提到任何一種特定的毒藥，因此似乎是莎士比亞自己加進去的。

──克里斯多夫‧馬羅（Christopher Marlowe）在他的劇本《馬爾他的猶太人》（The Jew of Malta）中曾經提到 Hebon 的汁液是一種致命的毒藥。

──走古典風的詩人艾德蒙‧史賓瑟（Edmund Spenser）在他的詩作《仙后》（Fairie Queene）中，提到了 Heben 這個神祕的名詞。他描述了「一種含有極苦的汁液以及可怕的 Heben 的樹木」，並說這種樹的木材被雕刻成一種「致命的 Heben 弓」，還有「由 Heben 木製成的矛」以及「Heben 長矛」。

──十四世紀的詩人約翰‧戈爾（John Gower）（他的作品已經被確認是莎士比亞所引用的素材之一）曾經在作品當中提到「那昏睡的 Hebenus 樹*」。後來，在他的長詩《愛人的告解》（Confessio Amantis）中又出現「她刺穿了他那昏睡的耳朵」（She his sleepy ears pierceth）這樣的句子。

*譯註：即「黑檀木」。

所以，《哈姆雷特》一劇中的 Hebenon 有可能是源自以上這些作家所提到的毒藥。至於 Hebenon 究竟是哪一種毒物，有以下這些可能性：

– **瘋樹根（INSANE ROOT）**：《馬克白》一劇中所提到的毒物，據學者們考證乃是黑莨菪屬植物（Henbane），杰拉德稱之為 Insana。但相關的資料並不足以證明 Hebona 就是 Henbane，況且黑莨菪的藥效與劇中的「鬼魂」所描述的並不相同。

– **黑檀木（EBONY）**：又名 Ebon，其讀音也與 Hebenon 相似，但在莎士比亞時期，黑檀木是昂貴的進口商品，取得不易，而且要從它的樹脂中蒸餾出毒液也很困難。更何況，它的毒性非常微弱。

– **毒芹（HEMLOCK）**：蒸餾出的毒芹毒素如果摻在酒裡，作用比較快，但它的毒性也不符合劇中的描述。

– **烏頭（ACONITE）**：這種毒素並不被列入考慮，或許是它的作用和《哈姆雷特》劇中的鬼魂所描述的情況並不吻合。儘管有人認為羅密歐喝下的毒藥是由這種植物提煉而成，但他毒發時的症狀也和烏頭草的作用並不吻合。不過，烏頭草在劑量較低時會使人四肢痲痺，彷彿陷入昏迷狀態，這點倒像是修士給予茱麗葉，讓她假裝死亡的那種毒藥。

– **顛茄（DEADLY NIGHT SHADE）**：在古英文中被稱為 Enoron（發音和 Hebenon 有些相像），但現在的名字則是 Belladonna。

它以具有毒性、容易取得而聞名，但中毒的症狀包括暈眩、神智不清和痙攣。

– 歐洲紫杉（YEW）：這種樹完全符合先前的那些詩詞中對Heben的描述，而且它的毒性和哈劇中的鬼魂所描述的症狀相同，包括皮膚結痂、有如被毒蛇咬到等等。更何況，哈姆雷特的父親應該會使用比較老式的名詞。

毒芹（HEMLOCK）

與胡蘿蔔、茴香、和峨參等有益健康的植物同屬一科。由於蘇格拉底飲鴆自盡的故事，毒芹很早便以有毒聞名。在劑量很低時，它具有鎮靜、解毒的效果，但只要超過一點點，就可能使人癱瘓或死亡。由於毒藥向來與巫術有關連，難怪《馬克白》的三個巫婆中，有一位曾經用過毒芹，而且還說夜裡挖出的毒芹毒性更強。參見HEBENON／HEBONA、KECKSIES。

大麻（HEMP）

一種作物。在莎士比亞時期，做為一個海上的島國，英國對大麻的需求量與日俱增。它的纖維被用來製成帆布、繩索（包括執行絞刑用的繩子）和粗布。

芸香（HERB OF GRACE／GRACE）

參見RUE。

冬青（HOLLY）

一種生長緩慢的常綠植物，會結出誘人的紅色漿果，但葉緣尖利，令人退避三舍。冬青是雌雄異株的植物，因此需要成片種植才能繁榮滋長。

藏掖花、聖薊（HOLY THISTLE）

參見CARDUUS BENEDICTUS。

HONEY-STALKS

參見CLOVER和GRASSES。

忍冬（HONEYSUCKLE／WOODBINE）

英國原生種的攀緣植物，具有極其誘人的香氣。Woodbine一字原本用來泛指忍冬屬植物，但後來逐漸混用。忍冬因植株彼此緊密交纏，又具有濃郁的香氣，因此也象徵熱烈而堅定的愛情。

神香草（HYSSOP）

一種氣味芬芳的常綠藥草，具有苦味，經常與百里香（THYME）種在一起，因為據信它們會促進彼此的生長，但在《奧賽羅》一劇中，伊阿古為了種植其中的一種而拔除了另外一種。

I

莨菪（天仙子）（INSANE ROOT）

在《馬克白》一劇中，班柯提到了此物，彷彿是在問：「難道我們瘋了嗎？」據考證，它就是莨菪（天仙子），也就是羅馬自然哲學家老普林尼（Pliny）所說的「令人不快、難以理解」的毒藥。它可能會使人神智不清、

狂哭狂笑，但同時也被用來當作「讓瘋子鎮靜下來的危險藥物」。參見HEBENON／HEBONA。

常春藤（IVY）

英國原生種的攀緣植物，由於性喜攀緣纏繞，被視為具有女性的陰柔特質。它的葉子終年常綠，象徵永生不朽，但莎士比亞也用來它來比喻人漫無節制的擴張地盤，扼殺別人生存空間的行為。

K

KECKSIES

一種植株低矮、多毛、具由匍匐莖的藥草，但它的花朵狀似微小的金魚藻，頗為美麗。湯馬思（Thomas）和費爾克羅思（Faircloth）在他們所編寫的出色字典中指出：「它只（在《亨利五世》中）出現過一次。而那段台詞描述的是英國入侵後法國各地野草叢生、荒涼悲慘的景象。」先前學者們以為Kecksies是毒芹（HEMLOCK）的俗名，但從它的特徵來看，應該是Round-Leaved Fluellin（學名Kickxia Spuria）才對，而且劇中剛好有一個人物名叫弗魯倫（Fluellen），其性格也很符合這種植物的特性。

萹蓄（KNOT-GROSS）

並非禾本科作物，只是一種有節的蔓生野草，它會扼殺周遭的植物，而且很難根除。據說喝下用萹蓄所泡的茶水，會導致生長遲緩。

L

草甸碎米薺（LADY-SMOCKS／CUCKOO-FLOWERS）

生長在草地上的花朵，之所以又名「美人衫」，或許是因為當時的人習慣把衣服鋪在薰衣草田裡晾乾。至於另外一個名字Cuckoo-Flowers（杜鵑之花）則可能是反映杜鵑鳥的回返。草甸碎米薺開花的時節正好接近三月二十五日的天使報喜節（Lady Day）。在伊莉莎白女王時期，這一天也是新年度的第一天。

翠雀（LARK'S HEELS）

英文原意為「雲雀的腳跟」，據信是指翠雀（Larkspur，亦稱飛燕草）。在莎劇中，這種花只在《兩個貴族親戚》那首提到許多種花的歌曲中出現過一次。

薰衣草（LAVENDER）

在伊莉莎白女王時期，結紋花園非常盛行。這種花園都經過精心規劃，以幾何圖案呈現，讓主人有機會把充滿異國情調的進口花卉種成一排排井然有序的樹籬，藉此炫耀一番，而薰衣草便深受青睞。此外，當時的人也喜歡把薰衣草撒在家中的地板上除臭，或者把衣物鋪在薰衣草田上，沾染清香的氣息，也可用來幫助

人們放鬆或入眠。在《冬天的故事》中，帕迪塔（Perdita）之所以稱它為「熱薰衣草」（Hot Lavender），是因為它在高溫的環境中長得最好。

蘋果的一個品種（LEATHER-COAT）

參見APPLE和CARAWAY。

韭蔥（LEEK）

蔥科植物，由於容易栽種，成為莎士比亞時期窮人的主食。莎士比亞利用它的顏色以及它與威爾斯地區的關係（它是從前的威爾斯王國的國徽），來製造喜劇效果。

檸檬（LEMON）

在莎士比亞時期，檸檬普遍被用在烹飪和香氛中，有時也用來代替柳橙，和丁香一起做成芳香劑。此外，由於Lemon和Leman（古語「愛人」之意）相近，在莎劇中有時也被用來玩文字遊戲，表示「愛人」的意思。

萵苣（LETTUCE）

這是莎士比亞時期每座香草花園都有的植物，以供製作沙拉之用。此字通常泛指各種用來做成沙拉的蔬菜。萵苣可增進食慾、幫助消化、緩解宿醉。更厲害的是，它同時兼具提高性慾與抑制性慾的效果。

百合／鈴蘭（LILY ／ LILY OF THE VALLEY）

白百合，亦稱「聖母百合」（Madonna Lily），長久以來一直是一個充滿詩意的符號，象徵潔白、無瑕的肌膚、纖細的手指、女子的童貞，Lily-Livered則有「膽小」的意思。但同樣潔白的鈴蘭也符合其中的一些特質，而且更符合莎劇中「小如嫩枝」（Small as a Wand）的描述。

椴樹（LINE TREE ／ LIME ／ LINDEN）

這三個名詞同時出現在《暴風雨》一劇中，學者們似乎是因為劇中有關Line-Grove的那段台詞而認為它們指的是芳香的椴樹。但有鑑於椴樹不太可能生長在一個屬於地中海型氣候的小島上，再加上它們出現在其他兩處時顯然都和衣物有關，況且Line也可以指亞麻（FLAX）（源自拉丁文），因此它指的有可能不是椴樹。

刺槐（LOCUST ／ CAROB TREE）

刺槐豆是來自異國的刺槐樹的果實，在莎士比亞時期被用來做成甜味劑，是巧克力的前驅物（但巧克力一直要到1650年代才在英國問世，因此當時的人並沒有機會嚐到它的滋味）。刺槐原產於地中海，尤其是西班牙和賽普勒斯，而賽普勒斯正好是伊阿古說出這番邪惡言語時的所在之處。

斑葉疆南星（LONG PURPLES ／ DEAD MEN'S FINGERS）

這是王后葛楚德在報告奧菲莉亞的死訊時，所提到的許多種植物當中的一種。它的確切身分備受爭議，但根據王后葛楚德進一步的描述：「那些豪放的牧羊人為它取了一個比較粗俗的名字。」我們可以斷定它就是斑葉疆南星（Cuckoo-pint，又名Lords-and-Ladies或Wild Arum），因為它的特點完全符合：長長的、紫色的、看起來像死人的手指或人體的某個部位。就連「莎士比亞出生地信託基金會」（the Shakespeare Birthplace Trust）的李維・福克斯（Levi Fox）博士也認為，Long Purples並非是有些人所說的「早期的紫色蘭花」，而是斑葉疆南星，因為這種花比較準確的傳達了莎士比亞想要表現的意涵。

M

荳蔻香料（MACE） 參見NUTMEG'。

錦葵（MALLOW）

圓葉錦葵，亦稱野錦葵，原本生長在荒地上，也可以栽種。在莎劇中它只被提到一次，講的是這種野草會入侵其他植物地盤的特性。

毒蔘、曼德拉草

（MANDRAGORA ／ MANDRAKE）

一種有毒、具麻醉效果的植物，其根呈分叉狀，往往被形容為像是從土裡挖出來的尖叫的人或生物。這種植物可能是在十六世紀時才引進英國，但早在此之前就經常被使用。儘管 Mandrake 和 Mandragora 這兩個英文名詞可以彼此替換，但前者通常指植物本身，後者則指以此種植物製成的藥劑。在莎士比亞時期，毒蔘在健康上的用途甚廣，但和罌粟一起服用時，藥效特別強大。

金盞花（MARIGOLD ／ MARY-BUD）

在《辛白林》一劇中，克洛登（Cloten）用 Mary-Buds 一詞來稱呼金盞花。此花有一種迷人的特性，會隨著陽光而綻放、閉合，因此 Marigold 一字，有時也被借用來指稱其他具有類似習性的植物。在莎士比亞時期，人們用它來染髮並做為番紅花（SAFFRON）的便宜替代物，以便為食物增添色澤與風味。此外，它也被用來比喻死亡、復甦和希望。

馬郁蘭（MARJORAM）

英國原生種的藥草，在莎士比亞時期被大量用來烹調或鋪在地上除臭。這種植物（尤其是甜馬郁蘭）具有多種藥用價值，可以安撫大腦、舒緩抑鬱情緒、治療尿滯留，也是很有用的解毒劑。由於它具有香味，當時有許多人將它綁成一小束嗅聞其氣味，以對抗因衛生情況不佳而散發的惡臭。

西葫蘆（MARROW）

參見GOURD ／ PUMPION。

MAST 參見ACORN。

歐楂（MEDLAR）

一種水果，在莎劇中除了被用來玩文字遊戲——因Medlar與Meddler（愛管閒事的人）同音——之外，也被用作各種隱喻。它的果實很小，呈黃褐色，要到開始腐爛時才可食用。莎士比亞便利用這點來做性暗示。之前學者們認為在歐楂出現的那幾幕戲中，它所代表的是女性的外陰，但近年來評論家則有不同的看法。在法文中，歐楂被稱為Cul de Chien（狗屁股樹），在英文的俚語中則被稱為Open-Arse（張開的屁股），因此當莫枯修建議羅密歐把他的Poperin Pear（一種形狀像男性生殖器的梨）放在哪裡時，意思就很清楚了。一旦你明白了這層意思，你就能了解歐楂出現的那幾個場景在說什麼了。你如果看到歐楂果的形狀，就會更明白它所代表的涵意。

薄荷（MINT）

一種可以用來烹調和除臭的芳香植物，在莎士比亞時期經常被廚師和醫師用在各種不同的用途，具有廣泛的醫療價值。

槲寄生（MISTLETOE）

一種常綠的寄生植物，在蘋果、橡樹、白楊和萊姆的樹梢上都可看到。據說它有一種神奇的保護力量，因而很受古代德魯伊特教的祭司（Druids）的喜愛。斯堪的納維亞人相信和平之神一度死於由槲寄生所製成的箭下。當他死裡復活時，槲寄生就受到了愛之女神的保護，因此它從原本代表破壞的符號成了愛的象徵。在槲寄生的枝條下親吻的習俗就是源自此一傳聞。

苔蘚（MOSS）

真蘚類植物大量生長在潮濕的地方、岩石表面或樹木上。莎士比亞時期的人用苔蘚來填補屋頂的隙縫、鋪在屋頂下方、或鋪在地上供牛隻睡覺。苔蘚象徵年高德劭、荒涼、粗魯的對話或墳墓。

桑椹（MULBERRIES）

白桑椹、黑桑椹都和無花果同科。古人把黑桑椹獻給象徵智慧與戰爭的羅馬女神密涅瓦（Minerva）。白桑椹生長迅速，黑桑椹則頗為緩慢，且其果實極為嬌嫩，只要輕輕一按，手指就會被染色。在歐維德的《變形記》中，桑樹的果實原本是白色的，因此在神話中為提斯柏（Thisbe）遮蔭的那棵樹很可能是白桑椹。1609年時，英王詹姆士為了讓國家迅速致富，想出了一個主意：他買了十萬棵桑樹，命人養蠶，以便讓英國也能加入日益興盛的蠶絲貿易的行列。但問題是：他買的是黑桑椹，而蠶寶寶只吃白桑椹的葉子。

蘑菇／蕈類
（MUSHROOM／TOADSTOOL）

球狀、多肉的植物。Mushrooms通常代表可吃的蕈類，而Toadstool則指有毒的品種。蘑菇是神話中仙子居住和跳舞的地方，以生長迅速聞名。

芥菜（MUSTARD）

和高麗菜同科，其品種包括英國原生的黑芥，但Mustard一字也可指十字花科的所有植物。而且這些植物幾乎都可用來作成芥末。「圖克斯柏里」（Tewksbury）指的是芥末的產地。在莎士比亞時期，芥末膏是很傳統的貼布。聖經中曾提到人要有芥菜子的信心，指的是它們的微小。由此可見，仙后提泰妮亞的妖精僕人「芥菜子」的身材是多麼嬌小。

香桃木（MYRTLE）

小型的常綠樹木，葉子色澤深沉、有光澤，木質軟，花朵色如乳脂、氣味芬芳。或許因為香桃木被尊為愛神阿芙洛狄蒂的聖花的緣故，莎士比亞時期的人往往用它來做成新娘佩戴的花冠，以及婚禮中使用的花環和花束。

NARCISSUS　參見DAFFODIL。

蕁麻（NETTLES）

生長在空曠的牧草地上。儘管它在九種神聖的藥草中排名第六，但它身上有刺。人們被扎到

後會產生灼熱感，相當不舒服。一般來説，Nettle 這個字，也可以指所有具有類似的惱人特質的植物，因此很容易被當成一個隱喻。儘管被蕁麻的刺扎到不舒服，但附近總是可以找到酸模（DOCK）的葉子，用來緩解不適。

肉荳蔻（NETMEG ／ MACE）

原產於東印度地區。在莎士比亞時期，肉荳蔻堅硬而芳香的種子以及它那淡紅色的假種皮──被稱為 Mace（荳蔻香料）──都是很受歡迎香料，具有珍貴的藥用價值，也可讓食物的風味更有深度。

橡樹（OAK）

以高大、長壽、木質優良而聞名，因此經常被用做隱喻，意味著力量、可靠、耐久、堅固、不屈不撓。橡樹花環是勝利的象徵，橡實則代表對未來的投資。由於橡樹樹型巨大，有時也被稱為朱比特（古羅馬的主神）之樹。在《仲夏夜之夢》中，有一棵「公爵的橡樹」（Duke's Oak），位於當時由龔薩加（Gonzaga）家族興建、有「文藝復興時期的小雅典」之稱的義大利小城薩比爾內塔（Sabbioneta）。《溫莎的風流婦人》中所提到的「赫恩的橡樹」（Herne's Oak）則源自「獵人赫恩」（Herne the Hunter，據説是理查二世時期的一個人物）的傳説。

燕麥（OATS）

一種用來當做糧食和飼料的穀物，由於容易種植，因此比小麥便宜，也比較不受重視。《春之歌》中用 Oaten（就像 Hempen 一樣）一字來指燕麥，多少帶有貶義，顯示那是出自鄉下人（而非見過世面的城裡人）的口吻。莎士比亞時期的鄉下人會用燕麥桿來做笛子的簧片。

洋橄欖（OLIVE）

從希臘神話時期開始，橄欖樹一直是和平的象徵。儘管在莎士比亞時期，此樹在英國並未被大量種植，但當時的人還是很喜愛洋橄欖和橄欖油。

洋蔥（ONION）

和韭蔥（LEEK）與大蒜（GARLIC）同屬。三者都可生吃，也可熟食，而且通常是較貧窮的人家的食物。早在莎士比亞時期之前，洋蔥就以能導致口臭與使人流淚聞名。

橙子（ORANGE）

在十六世紀末期，英國已經開始種植橙子，是該國最早栽種的柑橘屬果樹。在莎士比亞時期，英國已經開始從西班牙大量進口橙子，因此它是很常見的水果。當時的戲院裡往往會有婦人販賣橙子當成點心。這些婦人的地位約略相當於那些沿街叫賣蔬果的小販（參見 APPLE），比起娼妓好不了多少。

牛舌報春花（OXLIP）

是黃花九輪草和報春花的親戚。它的花朵也是黃色的，但顏色較深，而且全都垂向同一邊。這種化在東盎格利亞（East Anglia）地區之外，很少看到。

P

棕櫚（PALM）

棕櫚生長在熱帶地區。從前的人在前往「聖地」或其他宗教地點朝聖後身上會佩戴棕櫚葉，在「聖枝主日」時則會手持棕櫚枝，但莎士比亞時期的英國人則往往以柳樹（WILLOW）的枝條取代。棕櫚自古即象徵和平與勝利。時至今日，Palm 被用在 Bear the Palm（得勝）和 to Yield the Palm（認輸）等片語中，仍蘊含「卓越」或「榮耀」的意思。

三色堇
（PANSY／LOVE-IN-IDLENESS）

莎士比亞所說的 Love-in-Idleness 指的可能是野生的三色堇。一如奧菲莉亞所言，Pansy 此名據說是源自法文的 Pensées，也就是「思考」的意思。在莎士比亞時代，三色堇的醫療用途包括治療心臟方面的疾患，因此才會有 Love-in-Idleness 這樣貼切的暱稱。

薺菜（PARMACETI）

又名 Shepherd's Purse（牧羊人的錢包）或 Poor Man's Parmaceti（窮人的薺菜）。儘管烈火騎士所謂的「體內的瘀傷」，或許並非指肉體的創傷，但根據杰拉德的說法，薺菜的汁液確實能夠止住內出血。由於薺菜的拉丁學名中有 Bursa（即 Purse，「錢包」之意）一字，因此他有可能是在暗示最能治療這個創傷的是一筆賄款。

歐芹（PARSLEY）

一種葉子茂盛的香草，是菜園中常見的植物，可以入菜。莎士比亞時期的人每每用歐芹來為肉類去腥，並為羹湯和燉菜增添更多的纖維質。

桃（PEACH）

我們有理由可以略掉這種水果，因為莎士比亞在劇中只提到它的顏色，但伊莉莎白時期的人對桃頗為熟稔。當時女王至少有七次獲贈從義大利的熱拿亞（Genoa）進口盒裝的多汁桃，但更多的時候她所收到的禮物是桃色的衣服，包括馬甲、襯裙、睡袍和袖套等（這種禮物或許比較安全，據說約翰國王就是因為吃了過量的桃而殞命）。當時的時尚界也像現今一般每年流行不同的顏色。莎士比亞在劇中提到 Peach 時指的是緞子和長筒襪的顏色，但也暗喻 Impeach（指控、彈劾）之意。

梨（PEAR／WARDEN）

梨和蘋果（APPLE）都是莎士比亞時期常見的水果，但梨肉質細嫩，比蘋果更加珍貴。此外，它也像蘋果一樣，經常被用來當成隱喻，且大多數都與性有關（例如 Parolles 將它比喻為女人的子宮）。莫枯修在提到歐楂（MEDLAR）時所說的 Poperin' Pear 是法蘭德斯地區的一種梨，與 Pop in Her（猛然進入她）同音，因此被用來開黃腔。Warden Pears（或 Lukeward Pears）是西洋梨，一般認為很適合用來烘焙。

豌豆（PEAS／PEASE／PEASCOD／SQUASH）

菜園中常見的植物，在鮮嫩時非常美味，但

主要是用來做為飼料，或供平民百姓食用。豌豆很容易烘乾，到了冬天時泡水後便可食用。比起容易讓人脹氣的豆子，莎士比亞時期的人更喜歡吃豌豆。包裹著豌豆種子的外皮叫做豆莢（Pod或Peascod），經常被拿來做性暗示。當時的人將幼嫩的豌豆莢稱為Squash。《仲夏夜之夢》裡有一個仙子名叫「豌豆花」（Peaseblossom），由此可見她是一個纖細、美麗的小精靈。

芍藥（PEONY）

多年來，許多編輯和學者一直將《暴風雨》中「Thy banks with pioned and twilled brims……」這句台詞中的Pioned誤以為是Peony（芍藥）這個字。為了自圓其說，他們甚至一廂情願的將Twilled這個字改為Tulip'd或Willow'd乃至Lilied這些字眼！有些人則將它改為Tilled。最後這一種改法比較合理，因為Pion乃是古字，是「挖掘」的意思（也是Pioneer一字的字根），而Twilled則有「被夷平的」、「成壟狀的」或「修剪過的」等各種定義。因此，那些堤岸就像劇中所提到的其他土地一般，是經過整理，用來種植其他遠不及芍藥那般浪漫的植物的地方。事實上，《暴風雨》中的那段台詞或場景中，完全沒有其他花朵出現。正如我們以往的經驗，莎劇中被認為是寫錯的地方後來都被證實並非錯誤。所以，此處我們並未將「芍藥」列入。

胡椒（PEPPER）

儘管Peppercorn Rent這個片語指的是「極低的租金」，但在莎士比亞時期，胡椒和它的果實可是很搶手的商品。當時的人會把乾燥的胡椒粒碾碎或磨成粉狀，裝在特製的盒子裡以便攜帶。在英文中，Peppered意味著「受到連續的攻擊」或「被摧毀」、「完蛋」的意思，這可能是因為胡椒粒的形狀很像玩具氣槍的子彈的緣故。

錐足草（PIG-NUT）

亦稱Earth-Nuts，是英國原生種的植物，生長在草原和林地之上。它的地下塊根味道微甜、可食，但有一種酸酸的餘味。在莎士比亞時期，食用錐足草的人較多，但這種植物至今仍是豬喜愛的食物。它們會在土裡挖掘錐足草的根。

紫繁蔞（PIMPERNELL）

亨利・平普內爾 和他的朋友彼得・特夫（Peter Turph）是《馴悍記》的序幕中的兩個人物。他們出現在劇中人Christopher Sly（克利斯朵夫・斯賴）的夢中，並非真實的人物。紫繁蔞是一種植株低矮的野草，遇到天候不佳時，花朵就會閉合，故又名「牧羊人的晴雨計」（Shepherd's Weatherglass）。由於劇中的平普內爾（Pimpernell）這個人物並沒有任何對白，因此我們將紫繁蔞的插圖放在第6頁。

松樹（PINE）

一般認為莎劇中的松樹指的是歐洲赤松。這是一種高大的常綠喬木。其珍貴之處在於它有樹脂，而且樹幹又高又直，可以拿來當成船隻的桅杆。莎士比亞用它來比喻雄偉、高大、有力的特質。

PIPPIN 參見APPLE。

法國梧桐（PLANE TREE）

這種樹只在《兩個貴族親戚》中被提到一次。

它的枝枒扶疏、葉子很大、樹皮光滑，但並非大家熟悉的「倫敦梧桐」（London Plane，即七葉懸鈴木）。後者乃是大約十七世紀時培育成功的雜交種。不過 Plane Tree 一詞有時也用來指美國梧桐，因為兩者的枝葉相似。

車前草（PLANTAIN ╱ PLANTAN）

此處莎士比亞所謂的 Plantain 的並非指大蕉，而是一種生長在路邊的常見野草。車前草是盎格魯－薩克遜人心目中的九種神聖藥草之一，具有藥用價值，尤其是可以收斂傷口、幫助止血。基本上，它就是一種 OK 繃，因此羅密歐聽到班伏里奧關於如何醫治情傷的彆腳建議時，才會拿車前草來取笑他。在《愛的徒勞》中，當毛子侍童開玩笑的問「蘋果（劇中人物考斯塔德的名字在古語中為『大蘋果』之意）的脛部怎麼會受傷」時，小丑考斯塔德也提到了車前草。至於伊洛伊羅斯（Troilus）所提到的 Plantage，更有可能是泛指一般的植物。

歐李（PLUMS ╱ PLUM TREE ╱ DAMSON ╱ PRUNES）

一種多汁的水果，在野外和果園中都可見到。莎士比亞時期的人很喜歡拿來製作濃湯或布丁。其樹皮所分泌的樹膠具有藥效。經過乾燥保存的歐李被稱為「歐李乾」（Prune），可供冬天時食用，或燉軟後做為通便劑。西洋李（Damson）是很像歐李的水果，因味道太酸，不適合生吃，往往用來做成蜜餞，但也有性的意涵。Prunes 此字有時使人連想到妓院。十六世紀時，葡萄乾逐漸比歐李乾更受歡迎，不過 Prune 和 Raisin 兩字往往可以互換。

石榴（POMEGRANATE）

一種小型的果樹，在溫帶國家栽種頗廣。它因為多籽而成為性能力與生殖力的象徵。但由於石榴樹也是代表冥后普西芬妮（Persephone）的標誌，因此茱麗葉提到它，乃是一個不祥之兆。過去，一度有人認為伊甸園裡的蘋果指的是石榴。至於《亨利四世》的那段引文中所提到的「石榴」，指的應該是酒店裡的一個房間的名字。

POMEWATER　參見 APPLE。

POPERING　參見 PEAR。

罌粟（POPPY）

此處伊阿古指的是那種可以用來製造鴉片的罌粟花。這種花以具有麻醉、催眠的作用而聞名。更可怕的是：它如果與風茄並用，可能會導致嚴重的副作用，甚至致人於死。

蕃薯（POTATO）

這裡指的到底是哪一種植物的塊莖，學者們之間仍有爭議。有人說是馬鈴薯，有人則說是甘薯（蕃薯），不過被視為有催情效果的甘薯（杰拉德說它會「使人產生肉體的慾望」）顯然比較符合福斯塔夫的台詞所想要表達的意思，而且長得也比較像像忒耳西忒斯（Thersites）所說的「手指」。但杰拉德在一幅畫像中也曾經自豪的拿著幾顆新品種的「維吉尼亞馬鈴薯」。他說，它們是混種。

報春花（PRIMROSE）

是報春花科中的主要植物，與黃花九輪草（COWSLIPS）和櫻草（OXLIPS）同科。這種植物一到春初就會開出美麗的黃色花朵（幾

乎都被形容為淡黃色），在河岸和草原上處處可見，因此可以代表在某一類事物中最早出現或最好的那一個（最早開的花、最先結出的果實）。Following the Primrose Path（沿著報春花的小徑前進）意味著未經適當的考慮就採取某種行動，沒有先見之明。

PRUNES 參見 PLUMS。

PUMPION 參見 GOURD／MARROW。

楜梓（QUINCE）

近似梨（PEAR），但果肉太硬、太酸，無法生吃，通常被做成餡餅（在莎士比亞時期，經常有人送伊莉莎白女王楜梓餡餅）、果凍或果醬。據說它可以提高生育力並且讓小孩變聰明，因此是懷孕婦女和新娘必吃的食物，所以也被列入茱麗葉的婚宴要準備的物資名單中。至於《仲夏夜之夢》中的那個木匠之所以名為 Peter Quince（彼得‧楜梓），或許是因為他的個性尖酸刻薄的緣故。

小蘿蔔（RADISH）

小蘿蔔可生吃也可煮熟後食用，或者像伊摩琴（Imogen）一樣用它來雕刻（參見 TURNIP）。據說，它的藥效包括瘦身和治療禿頭。

RAISIN 參見 GRAPE。

蘆葦（REEDS）

叢生於水邊或沼澤地的一種植物，可用來做茅草屋頂，但莎士比亞更常用來形容濃密的頭髮、沙沙的聲音或隱喻受到驚嚇的狀態或軟弱的性格。蘆葦無所不在，而且很實用。根據《伊索寓言》中的「橡樹和蘆葦」這個故事，蘆葦也是一種很謙卑的植物。參見 RUSHES 和 GRASSES。

大黃（RHUBARB）

在莎劇中，大黃只有在《馬克白》中出現過一次。這段台詞證實在莎士比亞時期，大黃是被用來當成藥物，而非食物。杰拉德在他的《藥草誌》中所繪製的大黃插圖是土耳其大黃。本書也是。

米（RICE）

這是英國從國外進口的穀物，只有在《冬天的故事》中的這份購物清單中出現過一次。伊拉康牧師認為莎士比亞可能曾經看過生長在杰拉德的倫敦庭園中的米。

玫瑰（ROSE）

關於玫瑰，有沒有可能給它一個明確的定義呢？或許我們可以聽聽兩位同樣名叫「葛楚

德」的女士怎麼說。葛楚德・史坦（Gertrude Stein）的定義是：「玫瑰是玫瑰，就是玫瑰。」（Rose is a Rose is a Rose.）身為庭園藝術家的葛楚德・杰基兒（Gertrude Jekyll）則睿智的指出：園丁的工作就是「知道自己該做什麼，但同時也要有點智慧，知道什麼事情最好不要做」。既然莎士比亞在他的散文和詩作中提到玫瑰的次數遠比其他任何一種花卉都多，他當然知道它們的品種極其繁多。在他所提到的玫瑰中，有一些特定的品種值得我們稍加說明。

- **紅玫瑰（RED ROSE）**：學名Rosa Gallica，亦稱「緋紅玫瑰」或「朱紅玫瑰」。參見YORK／LANCASTER ROSES。

- **大馬士革玫瑰（DAMASK ROSE）**：學名Rosa Damascena。源自大馬士革，氣味芬芳，因此英文有一句諺語Sweet as Damask Roses（香甜如大馬士革玫瑰）。這種玫瑰經常被用來比喻女子的膚色。杰拉德指出，它的「顏色淺紅，氣味更加宜人，更適合用來烹煮肉類或入藥。」

- **白玫瑰（WHITE ROSE）**：學名是Rosa Alba。關於這種玫瑰，從未有過令人滿意的定義。莉絲 戴布蕾（Lys de Bray）在她那本精彩的著作《絕美花環》（Fantastic Garlands）中指白玫瑰「氣味芬芳，但它如何演變成今日這番面貌，一直是個錯綜複雜的謎團，恐怕永遠無法釐清」。

- **普羅旺斯玫瑰（PROVINCIAL／PROVENçAL ROSE）**：學名Rosa Centifolia，源自法國的普羅旺斯。哈姆雷特之所以提到

這種玫瑰，是想傳達挑釁、俗艷、矯揉造作的意思。杰拉德稱之為「荷蘭大玫瑰」（the Great Holland Rose），亦名「捲心玫瑰」（Cabbage Rose）。

- **麝香玫瑰（MUSK-ROSE）**：學名Rosa Arvensis，亦稱「蔓生玫瑰」（Trailing Rose），其珍貴之處在於它獨特的香氣。

- **五月玫瑰（ROSE OF MAY）**：學名Rosa Majalis，杰拉德稱之為「肉桂玫瑰」（Cinnamon Rose）。

- **玫瑰（ROSE）**：學名Rosa Canina，一種野生的攀緣玫瑰，舊日的俗名包括Dogberry和Witch's Brier（巫婆的野薔薇），參見THORNS。

- **鏽紅薔薇（BRIAR ROSE）**：亦稱「蘇格蘭玫瑰」（Scotch Rose）。參見BRIERS、EGLANTINE和THORNS有關玫瑰的部分。

- **玫瑰糕、玫瑰水（CAKES of ROSES、ROSE WATER）**：由於玫瑰被視為美的象徵，因此在莎士比亞時期也像今天一般被用在美容方面。依照「形象學說」「以形補形」的說法，用了玫瑰，就能成為玫瑰。

紅玫瑰與白玫瑰

- **《WAR OF THE ROSES（玫瑰戰爭）》**：紅玫瑰是英國歷史上蘭開斯特王朝的象徵，白玫瑰則是約克王朝的象徵。在《亨利六世》上篇，第二幕的一個頗長的場景中，莎士比亞光是用玫瑰花便說明了這場玫瑰戰爭的緣起。他在該劇第四幕以及《亨利六世》下篇

中又再度提到這場戰爭。在《理查三世》最後一幕中，里士滿（Richmond，也就是後來的英國國王亨利七世）宣示了他統合「金雀花王朝」王朝的各個派系，將紅玫瑰與白玫瑰融合成紅白雙色的「都鐸玫瑰」，建立「都鐸王朝」的決心。這當中最值得注意的是：莎士比亞從頭到尾都是利用玫瑰花來描述戰爭的發展。另外，很特別的是：雙方居然是用花卉來作戰。

迷迭香（ROSEMARY）

這種香草有一種令人心曠神怡的清香氣味，故有「大海的露水」（Rosmarinus）之稱。其用途甚廣，可以入菜、入藥，也可美容。莎士比亞提到它時多半指它與記憶有關。它被用來增強記憶，其氣味可以重新激發人的能量。當時的男子在約會時會把迷迭香插在扣洞中或放在口袋裡，使對方更難忘懷約會的情景。也有人用它來提醒自己記住已逝的親友，甚至把它擦在頭上，提醒頭髮長出來。

芸香／恩典之草（RUE ／ HERB of GRACE）

Rue 在英文中有「懺悔」的意思，而懺悔後必有恩典降臨，因此芸香才會被稱為「恩典之草」。它是庭園作物，可以入藥。它那黃色的花朵和綠中帶藍的葉子會散發出一種濃烈刺鼻、被莎士比亞時而形容為「酸」，時而形容為「甜」的氣味。根據杰拉德的《藥草誌》的記載，它可以緩解烏頭（參見ACONITUM）和毒菇（參見MUSHROOMS）的毒性。

燈心草（RUSHES ／ BULRUSH）

一種叢生的沼澤植物，其莖堅硬且多半中空，若填以動物的油脂，可做為窮人的蠟燭。當時的居家用途包括：供有錢人用來鋪在地板上，以便吸收異味並遮蔽塵土。以燈心草的莖做成的戒指，被平民百姓當成結婚的信物（他們往往不會舉行婚禮）。在《終成眷屬》一劇中，這個習俗被小丑拿來開黃腔。至於《兩個貴族親戚》中所提到的香蒲（Bulrush，亦稱Sweet Sedge，參見p.211插圖）應該是用來形容「髒辮」髮型。參見REEDS、SEDGE和GRASSES。

黑麥（RYE）

一種近似小麥的作物。儘管它比小麥健壯，並且較能忍受不理想的環境，但地位仍不及小麥。

S

番紅花（SAFFRON）

可以把食物染成金黃色的一種染料。要有九朵番紅花的黃色柱頭才能得到一格令（Grain，舊時的重量單位）上好的番紅花。換句話說，要四千多朵花才能做出一盎司番紅花，難怪此物價格不斐，但比起用來製作泥金手抄本的金箔，還是便宜一些。至於金盞花（MARIGOLD）則是比較便宜的代替品。英格蘭的艾塞克斯郡（Essex）有個地方因盛產番紅花而被稱為Saffron Walden。同樣的，倫敦的肯頓（Camden）區也有一條街因為昔日有番紅花生長而被命名為Saffron Hill（番紅花丘陵）。

海蓬子（SAMPHIRE）

亦稱「海茴香」（Sea Fennel）或「海蘆筍」，生長於崖壁上面。一般認為它的英文名字Samphire是源自法文的Herbe de St. Pierre（海蓬子）這個字，因聖彼得的象徵符號就是一塊突出於海面上的岩石。在《李爾王》（King Lear）一劇中，埃德加（Edgar）宣稱他看到一名男子在崖壁上採收這種多汁的植物，並認為那是一種可怕的行業。但杰拉德則很喜歡海蓬子：「葉子醃漬後，加上油、醋做成沙拉……有益肝臟、脾臟與腎臟……做成醬汁，味道可口……很適合男人食用。」

香薄荷（SAVORY）

生長於地中海，耐寒，氣味極為芳香。在《冬天的故事》一劇中被帕迪塔列為「適合中年男子」的「仲夏」花草之一。根據植物學家尼可拉斯 科爾佩柏（Nicholas Culpeper）的說法，這可能有一部分是因為它的汁液，據信能夠治癒「眼睛昏花」的毛病。他指出，「這種草是由眾神的使者墨丘利（Mercury）所掌管」，因此他相信夏天的香薄荷草比冬天的更好。

莎草（SEDGE）

生長在水岸上與沼澤地帶內。但Sedge此字既可以指莎草，也可以用來做為較粗的禾本科（GRASSES）植物和類似燈心草（RUSH）的植物的通稱。一般認為，莎士比亞指的是後者。

決明屬植物（SENNA） 參見CYME。

鵝觀草（SPEAR-GRASS）

在《亨利四世》一劇中，巴豆夫建議用來使人流鼻血的草究竟是哪一種植物，有好幾種不同的說法。本書的插圖所繪的是鵝觀草（Couch-Grass，是與馬尾草雜交的品種），因為它那又細又長的稈子上長有成排粗糙的小穗。參見GRASSES）。

草莓（STRAWBERRY）

一種水果，原產於英國、植株低矮。生長在高山地區的品種體型嬌小，在野外或庭園中都可看到，例如位於倫敦霍本（Holborn）區的伊里主教（Bishops of Ely）的莊園。據說那裡種的草莓是倫敦最好的。莎士比亞在《亨利五世》和《理查三世》中都提到了這種說法。此外，在那個年代，草莓也是很流行的刺繡主題。不過同樣的草莓卻象徵著兩種互相矛盾的特質，一方面代表純潔與天真，另一方面則代表肉慾與忌妒。因此，當它出現在苔絲狄蒙娜（Desdemona）的手帕上時，也同時具有這些意涵，以後最後造成了悲劇。

STUBBLE 參見WHEAT。

糖（SUGAR）

這個名詞被放在這裡實在沒什麼道理，因為糖是由甘蔗提煉出來的產物，但甘蔗確實是一種植物。杰拉德曾經試種過甘蔗，而伊拉康牧師也相信莎士比亞可能曾經在他的園子裡看過它。因此，本書列出了那些似乎是指真正的糖，而非把糖當成形容詞的引文（儘管兩者可能並不容易區分清楚）。正如我們在扁桃（ALMOND）條目中所言，莎士比亞時期的人酷愛吃糖，往往會把堅果、花朵和種子加上糖，做成各式糖果和蜜餞，也會製作糖漿、糖漬果皮和果凍。當時的宴會上往往會有用糖膏和蛋白做成的甜點盤，上面有著為特定人士量身打造的精緻裝飾，有時甚至還會題詩。伊莉莎白女王以愛吃甜食聞

名，因此在1560年代曾經分別有人送她一座由甜點做成的城堡、糖塊（為了便於運送而做成的圓錐形的純糖，要吃的時候再削成薄片或切塊）以及一大桶糖漬果皮。1598年時，一名德國人在曾見伊莉莎白女王之後表示：「她的牙齒都變黑了。英國人似乎很容易有這個毛病，因為他們吃太多糖了。」

岩楓（SYCAMORE）

此處的三段引文中所提到的Sycamore，究竟指的是哪一種樹，學者們看法各異，但我們從此字的發音或許可以看出一些端倪。Sycamore的讀音近似Sick of Amore，也就是Sick of Love（因愛而生病）的意思。苔絲狄蒙娜在她所吟唱的憂鬱旋律中，表明了她對奧賽羅的心靈因嫉妒而發狂一事的悲傷。《愛的徒勞》中，那位個性冷漠、只愛自己的法國侍臣鮑也具會講述別人痘情夏方面的困境。班伏里奧之所以要去找羅密歐，則是因為他為了羅瑟琳而苦惱，希望能從羅密歐那兒得到一些安慰。說也奇怪，他說他在「這個城區」西邊的岩楓樹叢中看到羅密歐，而維洛那（Verona）確實有這樣的樹叢。至今這座城西邊的城牆旁邊仍可以看到幾棵岩楓。

薊草（THISTLE）

一種入侵性的野草，全株有刺，有一個球狀花冠，對蜜蜂頗有吸引力。其花型頗為美觀，因此成為蘇格蘭的代表性花卉。不過Thistle這個字也可以用來泛稱許多有刺的植物。在《亨利五世》中，薊草被用來顯示無人照管的荒蕪狀態。由於驢子是唯一會吃薊草的動物，因此《仲夏夜之夢》中波頓的那番話，有著開玩笑的成分。

棘刺／荊棘（THORNS）

植物的莖、葉子或花冠的尖刺都叫Thorns，但這個字也可以用來指這些植物本身。他們長在林下灌木叢、小樹叢、樹林深處或看似無害的庭園中。在《哈姆雷特》中，棘刺被莎士比亞用來比喻葛楚德心中的刺痛。此處我們所附的插圖，包括四種被稱為Thorns的植物，分別是黑莓（BLACKBERRY）、乳薊（Milk THISTLE）、山楂（HAWTHORN）、和密刺薔薇（Scotch ROSE）。亦請參見BRIERS。

百里香（THYME）

一種香草。莎士比亞在這三段引文中所提到的百里香正好是三個不同的品種。奧布朗所說的乃是英國原生種，長在多沙的荒野中，伊阿古在談論健康與個人責任的冗長談話中所提到的，則是來自地中海、長在庭園中的品種，至於《兩個貴族親戚》那首歌中的百里香（Thyme）則是一語雙關，既指百里香，也指時間（Time）。

TOADSTOOL　　參見MUSHROOM。

蕪菁（TURNIP）

這種「煮食用的蔬菜」在《溫莎的風流婦人》中出現過一次。當劇中人安·培琪（Anne

Page）説，她寧可食用蕪菁而死，也不願嫁給一個愚蠢的追求者時，觀眾通常會哄堂大笑。在莎士比亞之前的數百年中，蕪菁一直都是栽培作物，多半被用來當成動物的飼料。當時的人更常吃的是它那含有豐富維他命的葉子，至於它的根則被用來雕刻成各式人物，就像伊摩琴在《辛白林》中所做的那樣。

野豌豆，參見WHEAT（VETCHES）

姿容甚美，足可自成一頁。它除了嬌嫩美麗之外，還有一個作用：可以改善麥田的土質。野豌豆是豆科植物，同樣被種來當飼料。因此《暴風雨》中的艾莉絲（Iris，彩虹女神，也是「鳶尾」之意，參見FLAGS）在祝福年輕的愛侶有豐盛的人生時，才會將它列入。

葡萄藤（VINE）

莎士比亞在提到Vine（藤蔓）時，指的都是「葡萄藤」。它象徵著「圓滿」與「豐收」。但在《連環錯》（Comedy of Errors）一劇中，當阿德里安娜（Adriana）形容自己像葡萄藤，需要纏繞在榆樹（她的丈夫）身上時，它代表的則是軟弱無力的狀態。除此之外，葡萄藤和葡萄園也象徵「財富」與「生產力」。

三色菫（VIOLET）

莎劇中有五個地方都提到了三色菫那清香的氣息。但這種紋理細緻的細小野花也象徵謙遜、溫和與忠誠（由此可看出《第十二夜》中薇奧拉的性格，以及馬伏里奧與她相反的個性）。在莎士比亞時期，其他與三色菫顏色相近的花朵有時也被稱為Violet。或許因為它的花冠低垂的緣故，當時的人認為三色菫是一種很有美德的花，可以助眠並緩解怒氣。它的葉子和花瓣皆可食用，往往用來妝點沙拉或和以洋蔥為主的菜餚同食。

胡桃（WALNUT）

儘管一般認為莎士比亞多次提到的堅果（NUTS）可能包括胡桃在內，但他並未對高大的胡桃樹多所著墨，只是提到那些用大大的胡桃殼做成的玩具，甚至將它喻為藏身之處。不過，當時的人卻挺喜歡吃胡桃，把它當成可口的點心，或者加上糖做成甜點。

WARDEN　參見PEAR。

小麥、麥田殘株，參見VETCHES（WHEAT／STUBBLE）

小麥是作物之后。在莎士比亞時期，用純粹的小麥做成的麵包是相當希罕、奢侈的東西。裸麥和大麥雖然是小麥的近親，但都被視為劣等的穀物。當時，人們以Corn來泛稱這三種麥以及所有的穀物。Stubble則是指

收割後的田野，主要是指麥田，但也指種植其他穀物的田地。小麥象徵大地的肥沃與慷慨的贈與。在身上佩戴以小麥製成的花環意味著和平與富庶。小麥草變綠是春天到來的徵兆，預示者即將降臨的豐饒。

柳樹（WILLOW ╱ OSIER）

談到柳樹，我們的腦海中所浮現的畫面往往是垂柳的模樣，但事實上垂柳一直要到1700年左右才進入英國。儘管如此，畫家們在描繪可憐的奧菲莉亞時，往往讓她出現在垂柳旁。事實上，奧菲莉亞口中的「懸垂的樹枝」有可能是「碎柳」（Crack Willow），因為這種柳樹的枝條很容易折斷。另一種「蒿柳」（Common Osier，學名 Salix viminalis）其葉型更窄一些，但也和柳樹一樣被用來編成籃子或做成花環。一個人如果戴著柳條編成的花環（或像苔絲狄蒙娜那樣的情景），就表示她在哀悼逝去的愛。從前英國人在教堂辦的聖枝主日的

遊行中，偶爾也會用柳枝來取代棕櫚的枝葉。

WOODBINE　參見 HONEYSUCKLE。

苦艾（WORMWOOD ╱ DIAN'S BUD）

被視為是艾屬中的所有藥草之母，並且與掌管懷孕的女神阿緹密斯（Artemis）── 羅馬人稱之為戴安娜（Diana）── 有關。正如《羅密歐與茱麗葉》中的奶媽在回憶茱麗葉的兒時往事時所言，苦艾具有苦味，有助嬰兒斷奶。此外，盎格魯─薩克遜的一部名為《治療》（Lacnunga）的草藥誌，也將苦艾列為九種神聖的藥草之一，說它可以解毒蕈（TOADSTOOLS）的毒，也可以防止蠹蟲和跳蚤爬上衣物與床單。奧布朗用它來治療相思。除此之外，苦艾也是苦艾酒（Vermouth）和艾碧思（Absinthe）的主要成分。

紫杉╱紅豆杉（YEW）

為英國原生的樹種，傳統上是哀悼的象徵。它曾經在莎劇中出現過六次（或許是七次，有一次並未明講），而且都和死亡有關。它出現在舞台上時，可能是有人即將中毒的前兆。例如鮑爾薩澤和巴里斯在教堂的庭院裡

提到紫杉時，羅密歐正在附近的墳墓裡喝下毒藥。紫杉那四季長青的葉子和種子都有劇毒，足以致命（但它們的紅色種皮則否）。《哈姆雷特》一劇中所用的毒藥 HEBENON 最有可能就是紫杉。

審訂者　　陳坤燦
美術設計　TODAY STUDIO
封面插畫　陳怡今

莎士比亞植物圖鑑：
莎翁作品中的花卉、果實，種子和樹木

Botanical Shakespeare: An Illustrated Compendium of All the
Flowers, Fruits, Herbs, Trees, Seeds, and Grasses Cited by the
World's Greatest Playwright

作者　　　葛芮特‧奎利 Gerit Quealy
繪者　　　長谷川純枝 Sumié Hasegawa-Collins
翻譯　　　蕭寶森
副總編輯　陳秀娟

業務　　　陳碩甫
發行人　　林聖修

出版　　　啟明出版事業股份有限公司
地址　　　台北市敦化南路二段57號12樓之1
電話　　　(02)2708-8351
傳眞　　　(03)516-7251
網站　　　www.chimingpublishing.com
服務信箱　service@chimingpublishing.com

法律顧問　北辰著作權事務所
印刷　　　中原造像股份有限公司

總經銷　　紅螞蟻圖書有限公司
地址　　　台北市內湖區舊宗路二段121巷19號
電話　　　02-2795-3656
傳眞　　　02-2795-4100

中華民國一〇九年六月　初版
　　　　　一〇九年十二月　再刷
ISBN　978-986-97592-8-1
定價　NT$480

國家圖書館出版品預行編目（CIP）資料

莎士比亞植物圖鑑：莎翁作品中的花卉、果實，種子和樹木／葛芮特・奎利編著；蕭寶森譯. -- 初版. -- 臺北市：啟明，
2020.06　288面；14.8×22.8公分　譯自：Botanical Shakespeare : an illustrated compendium of all the flowers,
fruits, herbs, trees, seeds, and grasses cited by the world's greatest playwright　ISBN 978-986-97592-8-1（平裝）
1. 莎士比亞（Shakespeare, William, 1564-1616）**2.** 文學　**3.** 讀物研究　**4.** 植物圖鑑
873.4332　　　　　　　　　　　　　　　　　　　　　　　　　　　　　　　108022128

Botanical Shakespeare
by Gerit Quealy and illustrated by Sumié Hasegawa-Collins
Copyright © 2017 by Gerit Quealy and Sumié Hasegawa-Collins
Foreword © 2017 by Helen Mirren
Complex Chinese Translation Copyright © 2020
by Chi Ming Publishing Company
Published by arrangment with Harper Collins Publishers, USA
through Bardon-Chinese Media Agency
博達著作權代理有限公司
ALL RIGHTS RESERVED